Über die Autorin:

Amanda Ciesing schreibt vorwiegend Arztromane, Liebes- und Familienromane, sowie Kurzgeschichten und Kurzromane. Ihr ist es ein wichtiges Anliegen, dass der Arztroman ein besseres Image bekommt. Auch ist es für Amanda Ciesing sehr wichtig, dass sie Lesermeinungen und Rückmeldungen zu ihren Büchern erhält, damit sie sich stetig weiter verbessern kann. Leser können ihr wie folgt Rückmeldungen erteilen:

Rezensionen auf der Amazon-Autorenseite:
http://www.amazon.de/Amanda-Cising/e/B00IQ8VOMG/
ref=sr_ntt_srch_lnk_1?qid=1395177480&sr=1-1
Eintrag im Gästebuch ihrer Homepage:
http://amandaciesing.de.to/
oder: http://amandaciesing.npage.de/
Oder per Mail:
ciesing-amanda@gmx.de

Über das Buch:

Dr. Oliver Bergmann ist ein erfolgreicher Oberarzt an einer renommierten Klinik im kleinen, beschaulichen, fiktiven Örtchen Kaltensee. Oliver ist bereits einmal geschieden, inzwischen aber wieder verlobt. Mit seiner Ex-Frau, der Chirurgin Dr. Nicola Voss, versucht er, wegen der gemeinsamen Tochter Nele ein normales Verhältnis zu bewahren. Dann erkrankt Nele schwer; die Ungewissheit, ob die vermutete Krankheit bei Nele wirklich ausgebrochen ist, belastet die beiden Geschiedenen. Dann erreicht sie ein Brief…

Trau keinem Arzt,
sein Gegengift ist Gift.

William Shakespeare
Englischer Dichter, Dramatiker, Schauspieler und Theaterleiter
(1564-1616)

Amanda Ciesing

Schatten der Vergangenheit

Die NIOL-Trilogie, Teil I

www.tredition.de

Umschlaggestaltung, Illustration: Berthold Sachsenmaier
Lektorat, Korrektorat: Susanne Junge

Verlag: tredition GmbH, Hamburg
ISBN: 978-3-8495-7805-3
Printed in Germany

Bibliografische Information der Deutschen Nationalbibliothek:
Die Deutsche Nationalbibliothek verzeichnet diese Publikation in der Deutschen Nationalbibliografie; detaillierte bibliografische Daten sind im Internet über http://dnb.d-nb.de abrufbar.

Inhaltsverzeichnis

Vorwort

Liebe Leserinnen und Leser,

„Schatten der Vergangenheit" ist mein erstes Buch, der erste Teil der NIOL-Trilogie, meiner Arztroman-Serie mit Dr. Nicola Voss und Dr. Oliver Bergmann. Der Name NIOL leitet sich aus den ersten beiden Anfangsbuchstaben meiner Protagonisten ab.

Der erste Roman ist für jeden Autor, jede Autorin zweifellos etwas ganz Besonderes.

Warum schreibe ich einen Arztroman?

Ich habe mich mit der Frage beschäftigt, warum so viele Menschen laut der Einschaltquote Arztserien im Fernsehen anschauen, Arztromane jedoch einen derart schlechten Ruf haben.

Mit diesem und den darauf folgenden beiden Bänden der NIOL-Trilogie möchte ich meinen Beitrag leisten, dass der Arztroman wenigstens ein bisschen von seinem „Groschenroman-Image" verliert und hoffentlich eines Tages aus dem Online-Buchhandel und den stationären Buchhandlungen nicht mehr wegzudenken ist.

Tauchen Sie ein in den Klinik-Alltag und fiebern Sie mit. Ich wünsche Ihnen viel Spaß bei der Lektüre

Herzlichst,

Ihre Amanda Ciesing

Prolog

08. Februar 2010

Kaltensee

Dr. Oliver Bergmann war Oberarzt an einer renommierten Klinik in Kaltensee, der Südstadtklinik; um genau zu sein, war die Klinik die angesehenste in ganz Kaltensee. Kaltensee war eine kleine Stadt in Süddeutschland. Die Straßen waren geteert, die Bürgersteige mit Backsteinen gepflastert. Die Stadt hatte zwei Seiten, die durch den See getrennt waren, der die Stadt ihren Namen verdankte. Im Süden der Stadt sah man die luxuriösen weißen Villen, die sich nur Doktoren, Ärzte und Professoren leisten können. Im Norden standen Fachwerk- und alte, heruntergekommene Holzhäuser. Jedes Grundstück in Kaltensee, egal, ob Fachwerk-, Holzhaus oder Villa, war von hohen, schwarzen Bäumen umgeben. Nachbarn konnten sich also nie direkt durch ihre Fenster beobachten.

Der Erfolg der Klinik kam natürlich keineswegs von ungefähr. Es war Dr. Wolfgang Bergmann, Olivers Vater, gewesen, der sie alleine aufgebaut und zu dem gemacht hatte, was sie heute war. Dabei hatte er auf ein, wie er fand, einfaches Prinzip der Medizin gesetzt, nämlich die Verknüpfung der guten alten Schulmedizin mit alternativen Heilmethoden, wobei er letztere sehr genau prüfte und untersuchte, ehe er ihre Anwendung in der Klinik gestattete.

Jetzt, da Wolfgang Bergmann im Ruhestand war, hatte er seinen beiden langjährigen Freunden Conrad Möbius und Paul Thomsen, mit denen er ebenfalls gelegentlich Golf spielte, die Leitung seiner Klinik übertragen.

Olivers Mutter Cosima-Mathilde Bergmann hatte zunächst als Physiotherapeutin gearbeitet, doch nach einigen Jahren wurde ihr diese Tätigkeit körperlich zu anstrengend – oder zu langweilig, sie wusste es selbst nicht mehr so genau. Sie hatte etwas Kreatives arbeiten wollen, einen Beruf, bei dem man neue „Welten" aus den verschiedensten Perspektiven „entdecken" und festhalten konnte. Deswegen entschloss sie sich, als ihre Kinder bereits erwachsen waren, Tierfotografin zu werden - von Tieren, die in der Region Neuguinea leben. Wolfgang war zwar nicht glücklich mit dieser Entscheidung, aber sie hatte sich durchgesetzt. In den langen Zeiten ihrer Abwesenheit pflegte es Wolfgang, Golf zu spielen.

Am heutigen Abend fand in Kaltensee der traditionelle Ärzteball statt und Oliver beschloss hinzugehen. Er streifte sich den schwarzen Smoking über, dazu wählte er das passende Hemd in Weiß und eine schwarze Fliege. Die edlen, schwarzen Schuhe waren perfekt zum Tanzen geeignet.

Als er auf dem Ball ankam, stand er zunächst eine Weile an der Bar und trank einen Single Malt. Der Tag war lang gewesen und langsam wurde er müde. Das Licht glich einem Nebelvorhang.

Wolfgang Bergmann praktiziert noch gelegentlich, heute war er allerdings wegen einer Erkältung nicht anwesend. War es wirklich eine so gute Idee gewesen herzukommen?

„Entschuldigung, ist hier neben Ihnen noch frei?", hörte er eine melodische Frauenstimme hinter sich fragen.

„Sicher", entgegnete er.

Sie setzte sich auf den Barhocker neben ihn und zum ersten Mal sah er die Frau an. Sie war groß, schlank und hatte grau-grüne Katzenaugen, die ihn anleuchteten. Ihr Haar war blond und lockig. Durch den Rauch und den Nebel in der Bar wirkte es jedoch matt und ein wenig zerzaust.

„Hallo, schöne Frau", grüßte er die ihm Unbekannte.

„Guten Abend, der Herr."

„Ich bin Oliver Bergmann und wie heißen Sie?".

„Das verrate ich Ihnen erst, nachdem Sie mir einen Single Malt bestellt haben. Ab jetzt muss ich erst einmal aufs Klo, stellen Sie sich also auf einen langen Abend ein", verkündete sie lächelnd, machte auf dem Absatz kehrt und ging in Richtung der Damentoilette. Sie grinste. Sie mochte Männer, die zeigten, dass sie Interesse an ihr hatten, und dieser Mann da draußen hatte definitiv ein Interesse an ihr, das hatte sie sofort gespürt.

Oliver saß an der Bar und wartete darauf, dass die Lady ohne Namen zu ihm zurückkehrte. Entweder sie benötigte tatsächlich so viel Zeit auf der Toilette, oder sie puderte sich noch schnell das Näschen, oder sie ließ ihn absichtlich warten? Egal, was der Grund für ihren langen Toilettengang war, eines hatte er sofort bemerkt: sie war eine Frau, um die man werben und kämpfen musste, eine Frau, die erobert werden wollte. Also würde er das auch tun.

Er trank seinen Single Malt leer und wandte sich mit dem Kopf wieder in Richtung der Toiletten. Da entdeckte er plötzlich ihren blonden Haarschopf. Sie steuerte geradewegs auf ihn zu und setzte sich wieder auf den Hocker neben ihm.

„Entschuldige", meinte sie lächelnd, „es hat etwas länger gedauert."

„Kein Problem", er lächelte sie ebenfalls an, dann hob er sein Glas.

„Auf einen unvergesslichen Abend", und sie hob ebenfalls ihr Glas.

„Mal sehen, was der Abend so bringt", entgegnete Oliver, und sie stießen miteinander an.

Beide lächelten sich an.

Kapitel 1

Dr. Oliver Bergmann saß gemütlich mit seiner Verlobten, Frau Dr. Ellen Roth, in der gemeinsamen Villa, die beide von Olivers Eltern zur Verlobung geschenkt bekommen hatten, auf dem Sofa. Es war eine großzügig geschnittene Villa, die luxuriöse Ausstattung entsprach dem Lebensstil der Familie. Die Fußböden im Bad, im Wohnzimmer und in der Küche waren weiß gefliest. Das Schlafzimmer war mit einem hellbraunen, warmen Laminat-Fußboden bedeckt. Die Zimmer waren durch weiße Schiebetüren mit goldenen Türgriffen getrennt. Durch die bodentiefen Fenster sah man hinaus auf die Terrasse und dahinter konnte man die wunderbare Aussicht auf den Kaltensee genießen. Doch jetzt prasselte der Regen gegen die Scheiben.

Oliver und Ellen ließen sich davon keineswegs stören. Die beiden genossen ihren freien Tag, Ellen kuschelte sich eng an ihn, er schlang seine Arme um ihren großen und schlanken Körper und vergrub seine Nase in ihrem schokobraunen Haar, das er so besonders liebte, weil es perfekt mit ihren Augen in der Farbe von Nuss-Nugat-Creme harmonierte.

Olivers Hund Gorgonzola, der diesen Namen trug, weil er so unglaublich gerne den gleichnamigen Käse verzehrte, legte sich gemütlich vor das weiße Sofa auf den weißen Teppich aus Kunstfell. Gorgonzola war ein „Shetland Sheepdog", sein Fell war weiß, braun und schwarz.

Gorgonzola war allerdings keine gemeinsame Anschaffung von Ellen und Oliver, sondern stammte aus Olivers erster Ehe. Oliver und seine Ex-Frau hatten sich seinerzeit gemeinsam den Rüden Gorgonzola und eine Katze namens Mika gekauft. Beide Tiere waren der Wunsch der gemeinsamen Tochter Nele gewesen. Nach der Scheidung war der Rüde bei seinem Herrchen geblieben, während Nicola die grau-getigerte Katze Mika mit in ihre Villa genommen, welche sie von Olivers Eltern zur Scheidung geschenkt bekommen hatte.

Nach allem, was zwischen Oliver und Nicola vorgefallen war, und nach allem, was *sie* sich geleistet hatte - eine Affäre mit dem Postboten - das war einfach nur armselig, bemitleidenswert und unter der Würde der Familie Bergmann, fand Olivers Vater. Er wollte sie nicht mehr in unmittelbarer Nähe der Familie Bergmann wissen. „Natürlich – allein schon wegen seiner Enkeltochter - bleibt sie in Kaltensee wohnen, und natürlich soll auch das Niveau erhalten bleiben. Nicola soll es schick und exklusiv haben, dann wird sie Oliver vielleicht bald gar nicht mehr sehen, das wäre das Beste für uns alle", so dachte Wolfgang Bergmann damals und so dachte er auch noch heute. Somit kaufte er eine Villa, die zwar auf der Südseite des Sees stand, aber am anderen Ende der Stadt, weit entfernt von der Klinik und dem Anwesen der Familie. So war das Verhältnis zwischen Nicola und Olivers Eltern komplett *„eingeschlafen".*

Cosima-Mathilde war anfangs anderer Meinung gewesen. Sie hatte immer wieder versucht zu sagen, dass sie sich doch mit Nicola gut stellen und versuchen sollten, so gut wie möglich mit ihr und ihrem *„Fehltritt"* umzugehen. Aber ihr Ehemann Wolfgang ließ, seit er von ihrem Seitensprung, von ihrer Affäre gehört hatte, kein gutes Haar mehr an seiner damaligen Schwiegertochter. Wolfgangs Verhalten hatte der Ehe seines Sohnes damals den Rest gegeben und schließlich war sie in sich zusammengefallen, wie ein Kartenhaus. Wenngleich Nicola und Oliver noch versucht hatten, die Ehe zu retten – stets hatte Dr. Wolfgang Bergmann den Keil weiter zwischen die beiden getrieben, Intrigen gestreut und die Scheidung vorangetrieben. Während Cosima-Mathilde dann immer stummer werdend neben ihrem Gatten gegessen hatte und dessen Aussagen, Forderungen und Erniedrigungen, sowohl gegenüber dem gemeinsamen Sohn Oliver, als auch gegenüber Nicola, abgenickt hatte, wie ein monotoner, emotionsloser, ferngesteuerter Roboter; Cosima-Mathilde wurde zu einer Marionette, zur Marionette ihres eigenen Mannes Wolfgang. Jeder, der ihn kannte, wurde zu seiner Marionette, so er unfähig oder nicht gewillt war, sich zu wehren. Außer Nele und Oliver. Nele las er jeden Wunsch von den Augen ab, ihr wurde jedes Begehr erfüllt. Und Oliver hatte seinem Vater rechtzeitig die Stirn geboten. Doch die Sache mit Nicolas Affäre hatte ihm förmlich den Boden unter den Füßen weggezogen; er hatte völlig neben sich gestanden und war deshalb nicht Manns genug gewesen, sich wie sonst gegen seinen Vater zu behaupten.

Den Gedanken daran hatte Oliver mittlerweile verdrängt. Die Scheidung war gelaufen, damit hatte er sich abgefunden. Seine Ehe war gescheitert, Erinnerungen daran ließ er meist nicht zu. *Was sollte es bringen, der Vergangenheit hinterher zu trauern?*

Aber wenn er seine Mutter ansah, dann überkamen ihn doch manchmal wehmütige Gedanken. Sie war noch immer eine wunderschöne Frau, die elegante, bezaubernde Cosima-Mathilde Bergmann mit dem schmalen, blassen, makellosem Gesicht, den grünen Augen und dem tizianroten, welligen Haar. Wann war sie zur Marionette ihres Mannes geworden? Sie hing bereits unwiderruflich an den Fäden ihres Mannes, und er zog sie, wie er es gerade bevorzugte und für richtig hielt. Oliver hatte Fotos seiner Mutter gesehen, Fotos, die sie lächelnd, unbeschwert zeigten. Mit ihren Freundinnen, vor ihrer Hochzeit. Früher, vor der Hochzeit hatte sie das gemacht, was sie wollte. Sie war spontan gewesen. Doch nach der Hochzeit mit Wolfgang und der Geburt ihrer Kinder wurde sie disziplinierter und passte sich den Wünschen und Vorstellungen ihres Mannes nach und nach an. Und die sahen folgendermaßen aus: Eine Frau hatte sich um den Haushalt, das Essen, das Putzen und die Kinder zu kümmern. Erst, als die Kinder schon ausgezogen waren, emanzipierte sie sich, sehr zu Wolfgangs Missfallen.

Oliver hatte sich geschworen, dass würde er einer Frau niemals antun. Oliver wollte keine Maschine, nie. Er wollte schon immer eine Frau, mit der er lachen und Spaß haben konnte. Mit der man spontan sein konnte. Mit Nicola hatte er das gekonnt. Aber Nicola war Vergangenheit. Nun war da Ellen. Lachen? Spaß haben? Spontan und verrückt sein? Mit Ellen konnte er das, zumindest in der Anfangsphase ihrer Beziehung. Doch bereits nach kurzer Zeit wurde Ellens Wesen kälter und härter, wie ein Stück scharfkantiges Eis von einem Eisberg. *„Naja, jeder hat seine Macken, seine Ecken und Kanten, so auch Ellen"*, dachte Oliver sich immer. Und obwohl ihn diese Wesensveränderung bei Ellen zu stören begann, war es noch nichts, weswegen er seine Beziehung zu ihr in Frage gestellt hätte.

Doch was Nele kürzlich angeblich zu seiner Ex-Frau über Ellen gesagt haben sollte, gab ihm zu denken. Es war nach einem Papa-Wochenende gewesen, also einem Wochenende bei ihm, und Nele hatte etwas über die neue Freundin von Papa gesagt... oder hatte Nicola das vielleicht nur behauptet, um einen Keil zwischen Ellen und ihn zu treiben? Dies wäre zwar unter Umständen möglich, aber solch eine Geschichte würde Nicola sich nicht einfallen lassen, da war er sich ganz sicher, dazu kannte er sie zu gut; denn für sie waren die Behauptung und die Tatsache, dass jemand ihrer Tochter mutwillig Schmerzen zufügte und sei es „nur" eine Ohrfeige, unter keinen Umständen zu ertragen und schon gar nicht als erzieherische-Maßnahme zu verstehen. So etwas würde sie niemals erfinden!

Der Grund waren Nicolas Eltern. Ihre Mutter Renate und ihr Vater Justus waren beide inzwischen schon unter der Erde. Der Vater lag anonym in einem Grab, weil er dies so gewollt hatte. Und wo ihre Mutter begraben lag, wussten weder Nicola noch ihr alkoholkranker Bruder Nicolas, denn auch Renate war über Jahre hinweg alkoholabhängig gewesen. Irgendwann war sie voll beladen mit ihren Einkaufstaschen von der Drogerie und dem Supermarkt auf der Straße zusammengebrochen und gestorben. Passanten hatten die Rettungssanitäter gerufen, fünf Minuten nach Absetzen des Notrufes trafen diese ein. Aber sie konnten nichts mehr für Renate tun: Leberversagen. Es wäre ohnehin nur noch eine Frage der Zeit gewesen, bis sie gestorben wäre, aber früher oder später wäre sie gestorben, weil ihre von Ethanol zerfressene Leber und ihre anderen Organe im Körper nicht mehr mitgemacht hätten. Wie bei einem alten Auto, dem unter Röhren und Spucken der Saft ausgeht.

Nicolas, der Bruder von Nicola, war irgendwann aus Nicola`s Umfeld verschwunden. Angeblich zu einer Therapie, *die Anonymen Alkoholiker, kalter Entzug*, hieß es. Seit diesem Tag hatte er sich nie wieder bei seiner Schwester gemeldet. Seine Ehe mit Jennifer schien nicht mehr so sonderlich gut zu funktionieren, das einzige, was die beiden noch gemeinsam hatten: Sie waren noch immer verheiratet und lebten noch immer unter einem Dach, hatten allerdings getrennte Schlafzimmer. Und sie trugen beide den Namen Voss. Ansonsten gab es keine Gemeinsamkeiten mehr zwischen Nicolas und Jennifer. Kinder hatten sie nicht. Jennifer wollte niemals Kinder, ihr Job - sie war Kinderbuchautorin - war ihr immer wesentlich wichtiger. Sie war eine hübschen Frau mit smaragdgrünen Augen, schlank, nicht besonders groß, blasser Hautfarbe und rotblonden Haaren - mal glatt, mal lockig, wie ihr gerade der Sinn stand. Sie war eine angenehme Frau, anfangs etwas schüchtern, aber nett. Zunächst hatte Oliver es nie für möglich gehalten, doch nachdem sie mit ihr warm geworden waren, hatten Oliver und Nicola sich mit ihrer Schwägerin sehr gut verstanden. Jennifer war bereits einmal geschieden gewesen – nun teilten sie dieses Schicksal. Auch das hätte Oliver am Anfang seiner Ehe niemals für möglich gehalten.

Nicola hatte ihn nach dem betreffenden Wochenende angerufen und behauptet, Nele hätte ihr erzählt, dass Ellen sie während eines Zoobesuchs heftig am Arm und den Haaren gezogen hätte, anschließend sei Ellen sogar mehr als einmal noch im Zoo die Hand „ausgerutscht". Nicola würde so etwas nicht einfach so behaupten, da war Oliver sich sicher, aus folgendem Grund: Nicola und Nicolas waren im Kinder- und Teenageralter beinahe regelmäßig von Justus und Renate geschlagen und sogar missbraucht worden. Sie hatten es nie angezeigt, waren nie zu einer Therapie gegangen, auch später nicht. Die Geschwister gaben sich immer gegenseitig Halt. Oliver hatte Ellen mehrfach auf die Behauptungen seiner Tochter gegenüber seiner Ex-Frau angesprochen, doch sie hatte ihn mit ausweichenden Antworten abgebügelt. Er wusste nicht mehr, wem oder was er glauben sollte; er wusste noch nicht einmal, ob er Ellen überhaupt noch heiraten wollte. Doch jetzt galt es erst einmal, gute Miene zum bösen Spiel zu machen.

„Ich liebe dich, Ellen", flüsterte er in ihr braunes Haar hinein und küsste sie.

„Und ich liebe dich, Oliver", erwiderte sie lächelnd und küsste ihn ebenfalls.

Gorgonzola gab einen merkwürdigen Laut von sich.

„Ich finde, so ein freier Tag tut richtig gut, so zwischendurch, man kann seine Verantwortung für einen kleinen Moment vergessen", sagte Oliver genüsslich.

„Ja, da hast du Recht. Leben zu retten ist nämlich eine riesengroße Verantwortung", bestätigte Ellen und küsste ihn.

In diesem Moment klingelte Bergmanns Handy. Er stöhnte auf, da er bereits die Befürchtung hatte, die Kollegen in der Klinik hätten mal wieder einen *„ganz speziellen"* Notfall hereinbekommen, zu dem sie ihn unbedingt brauchten. Aber nachdem er einen Blick auf seinen Handydisplay geworfen hatte, lächelte er: „Hallo, Nele, mein Schatz, was gibt's?", wollte er wissen.

Über seine Ehe sprach er mit Ellen nicht, nie. Auf Ellens anfängliches Nachfragen hatte er sehr gereizt reagiert und stets mit der Begründung: *„Meine Ex-Frau und ich hatten wundervolle Jahre, aber diese sind vorbei"*. Und seit dieser Geschichte mit dem Zoo hätte er am liebsten auch Nele von Ellen ferngehalten.

„Papa, du hast doch hoffentlich nicht vergessen, dass übermorgen meine Einschulung ist, oder?", plapperte seine Tochter fröhlich drauflos.

„Oh, deine Einschulung, tatsächlich, du bist ja jetzt schon sechs Jahre alt, meine Große", entgegnete er mit gespieltem Erstaunen.

„Genau Papa", bestätigte Nele.

„Ich hole einmal die Tageszeitung herein", sagte Oliver betont beiläufig zu Ellen, ging hinaus und schloss die Terrassentür hinter sich. Der Regen hatte aufgehört und die Sonnenstrahlen ließen die Tropfen an den Blättern glitzern. Er schritt auf dem Gartenweg weit aus und umrundete das Haus, bis er am Briefkasten ankam.

„Sag mal, Nele, Schätzchen, wie geht es denn der Mama, kommt sie eigentlich auch zu deiner Einschulung?", wollte Oliver wissen. Gesehen hatte er seine Ex-Frau schon länger nicht mehr; auch sie schien den direkten Kontakt zu vermeiden. Aber dieses Telefonat letztens... vielleicht sollten sie mal von Angesicht zu Angesicht darüber sprechen...

„Es geht ihr ganz gut, ja klar, ist Mama auch bei meiner Einschulung dabei, Papa", holte Nele ihn wieder aus seinen Überlegungen in die Gegenwart zurück. Das Mädchen war total überdreht.

„Gut, dann sehen wir uns übermorgen, mach's gut und grüß die Mama von mir", beeilte er sich zu sagen, warf ein Küsschen durch's Telefon und legte auf.

Inzwischen war es Abend.

Nicola beschloss ihre Tochter ins Bett zu bringen. „So, Nele, jetzt erzähle ich dir noch eine Gute-Nacht-Geschichte und danach schläfst du wie eine Prinzessin", erklärte Nicola ihrem Kind. Nach der Geschichte küsste sie ihre Tochter, ehe sie das Licht löschte und die Tür so hinter sich zuzog, dass noch ein kleiner Spalt offen blieb.

Nicola ging ins Wohnzimmer, setzte sich auf ihre weiße Couch, goss sich ein Glas Rotwein ein und begann, ihren neu gekauften Roman zu lesen. Es fröstelte sie, daher beschloss sie, sich mit dem Buch unter die Decke zu kuscheln.

Auch Oliver und Ellen hatten sich ins Bett begeben. Sein Handy lag wie immer auf dem Nachttisch. Er zog Ellen in seine Arme und küsste sie leidenschaftlich. „Was hältst du davon, wenn wir uns um unsere eigene Familienplanung kümmern?", wollte sie wissen.

„Eine hervorragende Idee", erwiderte er und küsste sie zärtlich und voller Leidenschaft.

Es war mitten in der Nacht, als Nicolas Tochter plötzlich keuchend hustete, wodurch Nicola schließlich erwachte und ins Kinderzimmer stürzte.

„Schätzchen, was hast du denn?", wollte Nicola besorgt wissen.

Ihr Kind hustete, röchelte nach Luft, keuchte. Nicola legte ihrer Tochter die Hand auf die Stirn. Sie war sehr heiß. Nele hustete Schleim aus und röchelte. Nicola zitterte vor Angst um ihre Tochter. Sie ging zum Telefon und rief Oliver an.

Oliver erwachte, als mitten in der Nacht sein Handy ununterbrochen klingelte.

>Nele ruft an<, stand auf dem Display. Er hob ab.

„Na, du kleines Mäuschen, kannst du mal wieder nicht schlafen?", murmelte er verschlafen.

„Oliver, es ist Nele, sie hustet, hat Atemnot, spuckt Schleim und ihre Stirn ist sehr heiß", platze Nicola aufgewühlt heraus. Bergmann brauchte einen Moment um zu begreifen, dass er nicht mit seiner Tochter Nele, sondern mit seiner Ex-Frau Nicola sprach. Dann war er hellwach und sein Arzt-Instinkt schien sich wie auf Knopfdruck einzuschalten.

„Ich komme, bleib ganz ruhig, mach dir keine Sorgen, ich bin gleich da", erwiderte er und sprang aus dem Bett. Hektisch zog er seine Hose an.

Bevor er sich auf den Weg zu Nicola machte, schrieb er Ellen noch schnell einen Zettel:

Hallo Liebling,

musste dringend weg,

ein Notfall.

Bis später, ich beeile mich,

ich bin bald zurück.

Dein Oliver

Er nahm die Autoschlüssel vom Sideboard und machte sich auf den Weg zu seiner Ex-Frau.

Nicola war ihrem Kind nicht mehr von der Seite gewichen. Sie streichelte liebevoll durch Neles Haar und versuchte, ihre Angst, ebenso wie ihre Nervosität vor dem Kind zu verbergen. Da klingelte es plötzlich an der Tür; keine zwei Sekunden später war Nicola aufgesprungen und zur Tür geeilt.

Sie öffnete.

„Hallo Oliver", grüßte sie ihn.

„Hey, Nicola", entgegnete er.

„Komm doch rein", bat sie.

„Du siehst schrecklich aus", entgegnete er und trat ein. Nicola hatte rot geweinte Augen und sie war leichenblass.

„Gehen wir zu Nele", erwiderte sie, ohne seine vorherige Feststellung zu kommentieren. Nele röchelte noch immer, als Nicola und Oliver ihr Zimmer betraten. Er schaltete das

Deckenlicht an und ging zu seiner Tochter. Er packte sofort sein Stethoskop aus und horchte Brust und Rücken ab. Dass sie Fieber hatte, sah auch er gleich.

„Seit wann hat sie denn diesen Husten?", wollte Oliver wissen.

„Es muss dieser Regen sein", erwiderte Nicola, „gegen Abend lief ihr etwas die Nase, aber es war nichts Besorgniserregendes!".

„Zunächst einmal müssen wir etwas unternehmen, damit sie den Schleim abhusten kann und die Atemwege wieder frei werden!", bestimmte Dr. Bergmann. „Aber ich habe natürlich keine Medikamente dabei. Außerdem ist ihr Zustand schon sehr bedenklich! Sie hat in letzter Zeit so oft Husten gehabt; langsam mache ich mir Gedanken wegen der ständigen Infektionen!".

Nicola hatte die Vaterwochenenden in der Vergangenheit des Öfteren gestrichen, weil Nele erkältet gewesen war. Aber so schlimm wie heute Nacht war es bisher nie gewesen.

Oliver untersuchte seine Tochter und überprüfte genau ihren Atem.

Danach bat er seine Ex-Frau, mit ihm nach draußen zu gehen.

„Ich werde Papa mal zeigen, wie ich einen leckeren Tee für dich koche", sagte Nicola zu Nele, um sie abzulenken, „wir kommen gleich zurück." Sie gingen in die Küche.

„Hatte Nele, seit ich sie am Papa-Wochenende gesehen habe, chronischen Husten und widerkehrende Infektionen?", fragte Oliver.

„Ja, das stimmt. Und sie hatte auch Auswurf, also aus-gehustete Atemschleimhaut mit Zellen. O mein Gott, du glaubst sie hat Zystische Fibrose?", fragte sie aufgebracht und klammerte sich an seinem Arm fest.

„Ja, ich glaube, dass unsere Tochter Mukoviszidose hat", bestätigte er.

„O, mein Gott, das ist ja schrecklich", erwiderte sie sichtlich geschockt. Sie wurde leichenblass und zitterte noch heftiger. Ihr wurde übel, sie legte die Hand auf die Magengegend und begann zu weinen.

„Ist alles in Ordnung mit dir?", wollte Oliver besorgt wissen.

„Ja, sicher. Ich habe einfach wahnsinnig Angst um Ne-le", erwiderte sie mit tränenerstickter Stimme. Die Tränen liefen ihr über die Wangen. Oliver holte ein Taschentuch aus seiner Hosentasche und reichte es ihr.

„Hier, bitteschön".

„Danke", schniefte sie. Sie trocknete sich die Augen ab und putze die Nase, anschließend warf sie das durchweich-te Papiertaschentuch in den Mülleimer und kehrte zu Oliver zurück.

„Komm mal her, alles wird wieder gut", versuchte Oliver sie zu beruhigen und zog in seine Arme.

„Mir ist speiübel. Entschuldige", murmelte sie und drängte sich hastig an ihm vorbei ins Badezimmer, wo sie sich würgend und hustend übergab. Er kam ebenfalls ins Badezimmer und hielt ihre Haare nach hinten.

„Geht's einigermaßen?", fragte er.

Sie nickte und spülte ihren Mund aus.

„Ich möchte jetzt sofort mit Nele ins Krankenhaus fah-ren und sie testen lassen, und ich möchte, dass du dabei bist, denn ich weiß nicht, ob ich das alleine durchstehe", bat Nicola.

„Natürlich komme ich mit", versicherte er.

Sie nickte und machte sich gemeinsam mit ihm und Nele auf den Weg.

Im Krankenhaus angekommen, zog er seinen Arztkittel an und hoffte, dass ihn keiner der Kollegen sah, während er sich mit Dr. Nicola Voss und Nele in eines der Behandlungszimmer begab.

„Ich nehme dir jetzt Blut ab, in Ordnung, meine Kleine?", wollte er wissen und beugte sich hinunter zu seiner kleinen Tochter, die von Nicola auf die Untersuchungsliege gesetzt worden war. Das Mädchen nickte noch immer hustend und klammerte sich mit beiden Händen und aller Kraft an ihre Mutter. Nach einem kurzen Blicktausch mit Nicola stach er ihr in die Armbeuge und zog die Spritze auf.

Das Mädchen wimmerte, als es den Einstich spürte. Nicola drehte ihrer Tochter den Kopf herum, damit diese das Blut in der Kanüle nicht sah.

„Ganz ruhig, alles ist gut, du machst das prima, ganz prima, mein Schatz", lobte Nicola.

„Toll gemacht, mein Schätzchen, und weil du so tapfer warst, darfst du dir dein Pflaster selbst aussuchen", meinte Dr. Oliver Bergmann.

Auf den Lippen des Mädchens breitete sich ein Lächeln aus. Nele wählte das gelbe Pflaster mit den braunen Bären drauf, das Dr. Oliver Bergmann vorsichtig über die Einstichstelle klebte.

„So, fertig, dass hast du ganz toll gemacht, Schätzchen", lobte Dr. Oliver Bergmann.

Auch ihren Schweiß hatte Nele brav abgegeben. Die sorgenvollen Blicke ihrer Eltern hatte sie jedoch nicht verstanden. Oliver tütete die beiden Proben ein und beschloss, diese gleich morgen ins Labor zu bringen.

Oliver gab seiner Tochter einen Husten- und schleimlösenden Saft mit.

„Dann sehen wir uns übermorgen", meinte er, an seine Tochter gewandt.

„Ja, dann bis übermorgen zur Einschulung und danke", antwortete stattdessen Nicola.

„Das ist doch selbstverständlich", erwiderte er beiläufig und verabschiedete sich von beiden, die sich wieder auf den Weg nach Hause machten.

Anschließend begab Bergmann sich ins Ärztezimmer und trank eine Tasse Kaffee. Dann machte er sich auf den Weg in sein Büro und versuchte, sich in Fachbüchern über Mukoviszidose zu informieren. Da ab 7 Uhr sein Frühdienst begann, beschloss er, gleich in der Klinik zu bleiben.

Kurz nach 7 Uhr wurde eine junge Frau, Yvonne Lahn, eingeliefert. Die Achtundzwanzigjährige war beim Mountainbikefahren auf dem Weg zur Arbeit von ihrem Fahrrad gestürzt. Dr. Bergmann wurde in die Notaufnahme gerufen.

„Was haben wir?", wollte er an einen der Sanitäter gewandt wissen.

„Achtundzwanzigjährige Frau, beim Fahrradfahren gestürzt, Verdacht auf Distale Fibulafraktur", erklärte der Rettungssanitäter.

„Danke. Ins Behandlungszimmer", befahl Bergmann.

„So, dann auf drei. Eins. Zwei. Drei", meinte Dr. Bergmann, und gemeinsam mit den Sanitätern hob er die Patientin von der Trage auf die Untersuchungsliege.

„Bis zum nächsten Mal", entgegneten die Sanitäter.

„Wiedersehen", erwiderte Bergmann und die Sanitäter verschwanden.

„Ich bin Dr. Bergmann und werde mir Ihren Fuß einmal anschauen, außerdem bekommen Sie natürlich sofort ein Schmerzmittel".

„Danke, Dr. Bergmann. Ich heiße übrigens Yvonne Lahn. Sie müssen meinen Knöchel irgendwie wieder hinbekommen, ich liebe mein Mountainbike und ich kann ohne mein Fahrradfahren nicht leben. Können Sie das verstehen, Dr. Bergmann?", wollte Frau Lahn wissen.

„Ja, ich denke schon, Frau Lahn".

„Ohne wen oder was können Sie nicht leben, Herr Doktor?", wollte Yvonne wissen.

„Ohne meine Tochter", erwiderte Dr. Bergmann.

„Verstehe", entgegnete Yvonne.

Dr. Bergmann legte Yvonne die Infusionsnadel. „Ich gebe Ihnen jetzt erst einmal ein Schmerzmittel", erwiderte er und spritzte dies in ihre Infusion. „Die Schmerzen müssten gleich nachlassen."

Yvonne nickte.

„Schwester Julia", rief er.

Schwester Julia war fünfundzwanzig Jahre jung, nicht besonders groß und schlank. Sie hatte blondes Haar und blaue Augen. Die Krankenschwester trug gerne graue, vom Stil her abgewaschen aussehende Jeans mit Pullovern in knalligen Farben. Die Turnschuhe, die sie oft trug, waren stets in den zum Pullover passenden Knallfarben, die jedoch auch ein wenig Grau enthielten, gewählt.

Schwester Julia war dafür bekannt, dass sie mit ihrer Meinung nicht hinter dem Berg hielt, auch wenn das manchen Leuten in gewissen Situationen nicht passte; sie sagte immer offen, direkt und ehrlich ihre Meinung. Besonders Dr. Oliver Bergmann trieb sie gerne zur Weißglut.

Die Krankenschwester war seit fünf Jahren mit Raphael, einem gutaussehenden Grundschullehrer, verheiratet. Die beiden hatten sich in einem Elektro-Fachhandel am CD-Regal kennengelernt und dort festgestellt, dass sie den gleichen Musikgeschmack hatten: Deutsche Schlager. Danach hatten sie sich in Abständen von einigen Monaten immer mal wieder verabredet, und schließlich hatte es gefunkt. Raphael überraschte Julia an einem warmen Maiabend mit einem selbst komponierten Liebessong und dem Heiratsantrag. Die Hochzeit wurde groß gefeiert und war auf Wunsch des Brautpaares im barocken Stil gehalten. Sie waren jetzt schon recht lange verheiratet, doch über Nachwuchs dachten beide noch nicht nach, sie waren sich einig, sich mit der Familienplanung noch Zeit zu lassen.

„Ja. Was kann ich für Sie tun, Dr. Bergmann?", wollte Julia wissen.

„Besorgen Sie mir bitte einen Rollstuhl und bringen Sie Frau Lahn dann bitte zum Röntgen und danach noch zum CT", wies Dr. Bergmann die Krankenschwester an.

„Warum ein CT?", wollte Julia wissen.

„Weil ich es angeordnet habe, Schwester Julia", entgegnete Dr. Bergmann gereizt.

Julia besorgte den Rollstuhl und Dr. Bergmann half Frau Lahn, sich hineinzusetzen.

„So, dann bis später, Frau Lahn", verabschiedete Dr. Bergman sich und schüttelte ihr kurz die Hand, ehe er wieder ins Ärztezimmer verschwand.

Dr. Bergmann saß im Ärztezimmer und recherchierte in Fachbüchern. Er suchte alle Informationen über Zystische Fibrose, die er finden konnte, heraus und schreib sich diese auf Blätter. Nach fast einer Stunde war er gerade dabei, den Stapel loser Blätter zu sortieren, als plötzlich wieder sein Pieper losging. Dr. Bergmann fluchte innerlich. Er ließ den Stapel achtlos auf dem Tisch im Ärztezimmer liegen und machte sich auf den Weg in die Notaufnahme.

„So schnell sieht man sich wieder, Herr Dr. Bergmann", grüßte der Sanitäter.

„Was haben wir?", wollte Dr. Bergmann wissen.

„Sechzigjähriger Mann, klagt über plötzlich auftretende starke Magenschmerzen, Übelkeit und Kopfschmerzen", erklärte der Sanitäter.

„Hallo ich bin Dr. Bergmann; wie ist Ihr Name?" wollte er wissen.

„Tayfun Acar", erklärte der Mann.

„Können Sie mir zeigen, wo genau Sie Schmerzen haben?", fragte Dr. Bergmann. Herr Acar hob den Kopf und deutete mit dem Finger auf die Magengegend.

„Wir machen eine Sonographie und eine Röntgenaufnahme", entschied der Arzt. Die Sonographie würde er gleich selbst beim Patienten durchführen. „Legen Sie sich bitte ganz entspannt hin und öffnen Sie ihr Hemd", bat Dr. Bergmann.

Acar tat, was der Mediziner soeben von ihm verlangt hatte.

„Das wird jetzt ein bisschen kalt", meinte Dr. Bergmann. Er zog sich einen Hocker heran und setzte sich, ehe er das Gel auf den Bauch des Patienten trug. „So, dann wollen wir doch einmal schauen", er begann mit der Sonographie.

„Und was fehlt mir denn nun, Herr Dr. Bergmann?", wollte Acar wissen.

„Bevor ich eine endgültige Diagnose stelle, würde ich gerne noch eine Röntgenaufnahme machen", entschied Dr. Bergmann.

„Was auch immer, nur machen Sie schnell", drängte Acar und krümmte sich vor Schmerzen zusammen.

„Alles zu seiner Zeit", erwiderte Dr. Bergmann gelassen.

„Schwester Stephanie!", rief Dr. Bergmann.

„Ja. Was kann ich für Sie tun, Herr Doktor?", wollte Schwester Stephanie wissen.

„Bringen Sie Herrn Acar bitte zum Röntgen von Magen und Bauchraum", bat Dr. Bergmann. „Natürlich", entgegnete sie und begleitete den Patienten zum Röntgen.

Schwester Stephanie hatte halblange, glatte, braune Haare und blaue Augen in einem eher zierlichen Gesicht. Ihre ganze Figur war eher feingliedrig. Sie trug eine dünne Brille und hatte stets knallrot geschminkte Lippen. Sie und Christoph, ihr Ex-Mann, hatten drei Töchter - Johanna, Charlene und Mia – und den sechzehnjährigen Benjamin, kurz Ben genannt, Mias Zwillingsbruder. Doch die Ehe von Stephanie und Christoph hatte den schweren Schicksalsschlägen der Vergangenheit nicht standgehalten. Vor fünf Jahren war erst Johanna bei einer Lebertransplantation gestorben und ein Jahr später folgte ihr Charlene in den Tod. Sie war schwer lungenkrank gewesen und starb an Lungenversagen, sie war qualvoll erstickt. Mia und Ben, die Zwillinge, waren die einzigen noch lebenden Kinder von Stephanie und Christoph. Vor drei Jahren kapitulierten beide und mussten einsehen, dass die Tode der Kinder ihre einst so glückliche Ehe zerstört hatte. Beide waren mit Johannas Tod unterschiedlich umgegangen. Stephanie hatte wochenlang geweint und musste sich krankschreiben lassen. Als Krankenschwester hatte sie öfters den Tod von Patienten miterleben müssen und war damit immer gut klargekommen. Doch das eigene Kind zu verlieren, zog ihr den Boden unter den Füßen weg. Erst eine Therapie beim Psychiater half ihr langsam, mit dem Leben wieder klar zu kommen und für ihre anderen Kinder da zu sein. Christoph hingegen hatte seinen Schmerz völlig in sich vergraben. Er hatte sich nur noch in die Arbeit gestürzt, um sich abzulenken und zu betäuben. Und als dann auch noch Charlene starb, wurden die alten Wunden wieder aufgerissen. Es war, als würde irgendwo eine Bombe explodieren und tausende Menschen mit in den Tod reißen. Und für die Überlebenden der Explosion war nichts mehr, wie es einmal war, und ihnen ist klar, dass es vermutlich nie wieder ganz genauso werden würde, wie es vor der schrecklichen Explosion gewesen war.

Als sie sich dies eingestanden hatten, schien ihnen die Scheidung der einzig mögliche Ausweg. Manchmal scheint es besser, Dinge die angerissen oder vielleicht sogar gänzlich zerstört und ausgelöscht sind, hinter sich zu lassen und in Freundschaft einen Neuanfang zu wagen. Sie hatten sich ja nicht im Streit getrennt – sie konnten nur einfach kein Leben mehr zusammen leben, wenn diese zwei wichtigen Teile – Johanna und Charlene – einfach fortgerissen worden waren! Wegen der Zwillinge hatten Stefanie und Christoph jedoch weiterhin regelmäßig Kontakt und kamen durch die räumliche Trennung gut miteinander aus. Zu allen Feiertagen wie Weihnachten, Ostern, Pfingsten, sowie natürlich an den Geburts- und Todestagen besuchten alle gemeinsam die Grabstätten der beiden Mädchen.

Als die beiden außer Sichtweite waren, wollte sich Dr. Bergmann gerade auf den Weg ins Ärztezimmer machen, als auch schon die nächsten Patienten auf ihn warteten.

„Was haben wir?", wollte er sogleich wissen.

„Jana und Nora. Jana ist im neunten Monat schwanger, sie hatte Fruchtwasserabgang und klagt über leichte Wehen, Nora klagt über starke Bauchschmerzen im rechten Unterbauch, Verdacht auf akute Appendizitis. Übrigens sind die beiden Zwillingsschwestern und siebzehn Jahre alt", erklärte der Sanitäter.

„Alles klar. Dann auf drei. Eins. Zwei. Drei", sagte Dr. Bergmann und hob gemeinsam mit den Sanitätern zuerst

Jana, dann Nora auf die beiden nebeneinander stehenden Untersuchungsliegen.

„Danke. Auf Wiedersehen", sagte Dr. Bergmann.

„Wiedersehen", entgegnete der Sanitäter.

„Guten Tag, ich bin Dr. Bergmann", stellte der Arzt sich vor und schüttelte kurz die Hände seiner Patientinnen.

Jana lag auf der rechten und Nora auf der linken Seite des Zimmers. Beide Seiten konnten durch einen Vorhang voneinander abgetrennt werden und so wurden die jungen Damen aufgrund der Privatsphäre getrennt untersucht.

Dr. Bergmann begann als erstes mit der Ultraschalluntersuchung. „Jana, mache einmal bitte dein T-Shirt hoch", bat Dr. Bergmann.

Die Siebzehnjährige tat, worum Dr. Bergmann sie gebeten hatte.

„Das wird jetzt vermutlich ein bisschen kalt, aber das kennst du ja mit Sicherheit schon", meinte Dr. Bergmann und lächelte seine junge Patientin an. „Ja, das kenne ich, da haben Sie allerdings recht Dr. Bergmann", entgegnete Jana ebenfalls mit einem Lächeln auf den Lippen.

Dr. Oliver Bergmann trug das Gel auf den Bauch der Hochschwangeren auf.

„So, dann wollen wir doch mal schauen", meinte Dr. Bergmann und begann mit der Sonographie. Er blickte auf den Monitor und lauschte den Herztönen des Kindes, die unregelmäßig schlugen, aber wenigstens schlugen sie. Er war erleichtert, atmete aus und lächelte seine junge Patientin kurz an.

„Was ist los, Dr. Bergmann?", wollte Jana sofort wissen.

„Die Herztöne deines Kindes schlagen, allerdings unregelmäßig; aber momentan besteht kein Grund zur Besorgnis", versicherte Dr. Bergmann. „Ich würde dich gerne einen Tag und eine Nacht hier behalten, so können wir die Herztöne deines Babys besser überwachen, in Ordnung?".

„Na schön, in Ordnung", willigte Jana ein.

„Schwester Viktoria", rief er.

Schwester Viktoria hat schulterlanges, braunes, glattes Haar und braune Augen. Die fünfundzwanzigjährige Krankenschwester, deren Hobby es war, Drachen steigen zu lassen, war seit über drei Jahren mit Simon Trinker, dem besten Sommelier der Stadt liiert. Viktorias Freund war feingliedrig und groß. Er hatte blaue Augen und braunes, volles Haar. In seinem Beruf als Sommelier trug er immer adrette Smokings, an diese hatte er sich schon so gewöhnt, dass es ihm gar nichts mehr ausmachte, sie zu tragen. Simon und sein Vater Joachim, der beste Sternekoch in ganz Kaltensee, waren im „Kaltenfürstenseehof" angestellt, dem Fünf-Sterne Hotel von Simons Onkel Dirk. Das Hotel war seit über hundert Jahren ein Familienbetrieb und Generation um Generation führte das Geschäft weiter fort.

Viktoria hatte noch einen zwei Jahre älteren Bruder Fred, der mit Ines Lahnstein, der besten Freundin seiner Schwester liiert war. Fred arbeitete als Berufspilot. Ines war schlank und für ihre Verhältnisse recht groß, sie stellte Parfüm her und verkaufte die Fläschchen sehr erfolgreich.

Als Viktoria zwei und Fred vier Jahre alt gewesen war, waren ihre leiblichen Eltern beide bei einem Motorradunfall ums Leben gekommen. So hatten sie zunächst in einem Kinderheim gelebt, bis sie mit dreizehn beziehungsweise fünfzehn Jahren von Familie Zittel adoptiert worden waren.

„Was gibt es denn, Herr Dr. Bergmann?", fragte Viktoria.

„Besorgen Sie mir bitte ein Bett für Jana und einen Monitor inklusive Wehenschreiber", wies er sie an.

„Sicher."

Nach einem kurzen Moment kam sie mit einem Krankenbett wieder. Dr. Bergmann wischte seiner schwangeren Patientin das Ultraschallgel vom Bauch. Er half ihr beim Aufstehen und wartete, bis sie sich in das Krankenbett gelegt hatte. Danach wurde sie auf ein Zimmer gebracht. Anschließend legte er ihr einen Wehenschreiber an und schaltete den Monitor ein.

„So, mit diesem Monitor kann ich jetzt immer genauestens die Herztöne deines Babys und deine Wehentätigkeit überwachen", erklärte Dr. Bergmann.

„Danke, Dr. Bergmann", meinte Jana.

„Ich schaue später noch einmal vorbei, ich muss mich jetzt um deine Schwester Nora kümmern", meinte Dr. Bergmann und ging zurück in die Notaufnahme.

„Hallo Nora, bei dir haben wir also einen Verdacht auf akute Appendizitis", stellte Dr. Bergmann fest.

„Blinddarmentzündung", bestätigte Nora nickend.

„Darf ich deinen Bauch abtasten?", wollte Dr. Bergmann wissen.

Sofort verschränkte das Mädchen beide Arme vor ihrem Bauch und sah Dr. Bergmann mit aufeinander gepressten Lippen an.

„Na, komm schon. Lass mich dir helfen. Hast du gewusst, dass man mir nachsagt, das ich die zartesten Arzthände in diesem Krankenhaus habe?", scherzte er, um seine Patientin schnell zu überzeugen. Nora musste wider

Willen grinsen: „Ach, wirklich? Wenn das so ist, na schön, aber bitte vorsichtig", bat sie.

„Natürlich!", Dr. Bergmann tastete mit leichtem Druck und kreisenden Bewegungen den rechten Unterbauch seiner Patientin ab, als diese plötzlich aufschrie.

„Ja, so wie das aussieht hast du tatsächlich eine akute Appendizitis. Ich werde dafür sorgen, dass du den schnellst möglichen OP-Termin bekommst, den wir haben. Ist es in Ordnung, wenn ich dich in die Chirurgie und deine Schwester in die Gynäkologie lege?", wollte Dr. Bergmann wissen.

Das Mädchen nickte.

Dr. Bergmann besorgte ein zweites Bett und half Nora, sich hineinzulegen. Im Patientenzimmer überprüfte er gleich noch einmal die Herztöne von Janas Baby und verschwand danach wieder ins Ärztezimmer.

Kaum war er dort angekommen, klingelte sein Handy.

>Nele ruft an<.

„Hallo", meldete er sich.

„Hey Oliver, ich bin es, Nicola. Wie sieht es aus, hast du die Proben schon ins Labor gebracht?" wollte Nicola wissen.

„Nein, bis jetzt noch nicht, ich hatte vier Notfälle, ich bin noch nicht dazu gekommen, entschuldige bitte", meinte Oliver.

„Schon in Ordnung, Oliver", erwiderte sie.

„Ich werde es gleich erledigen, mach's gut, ich melde mich, sobald ich die Proben ins Labor gebracht habe", entgegnete Oliver.

„Ja, danke. Bis dann", erwiderte Nicola und legte auf.

Dr. Bergmann machte sich auf den Weg ins Labor, und diesmal, ohne dass ihm ein Notfall dazwischen gekommen wäre. Er klingelte an der eisernen Tür, die vor einiger Zeit weiß gestrichen worden war, nur der Türgriff war jetzt noch Silber. Nach drei Sekunden drückte Dr. Schuster den Türöffner.

„Oliver, na, das ist ja eine Überraschung", grüßte ihn Dr. Siegfried Schuster. Die beiden waren schon lange Kollegen, aber per Du waren sie erst, seit sie gemeinsam stundenlang um das Leben von Siegfrieds Frau Janka gerungen hatten. Nach einem schrecklichen Autounfall war sie in die Klinik eingeliefert worden. Die Polizei hatte auch ihren Mann informiert und Dr. Schuster war aus dem Labor direkt in die Notaufnahme geeilt. Nach zweistündiger Reanimation musste Dr. Bergmann aufgeben und sich eingestehen, dass er für die Frau seines Kollegen nichts mehr hatte tun können. Zu schwer waren ihre Verletzungen, zu stark die Blutungen gewesen.

Dr. Siegfried Schuster war wie betäubt gewesen und hatte das Labor an dem Tag Labor sein lassen. Stundenlang war er in Kaltensee umhergelaufen, hatte immer wieder den See umrundet, und konnte den Verlust seiner Frau nicht fassen. Am Abend dann hatte er, völlig neben sich stehend, Dr. Bergmann auf dem Handy angerufen und dieser hatte ihn zuerst mit in seine Stammkneipe genommen und später nach Hause gebracht. Stundenlang hatten sie an dem Abend geredet; Siegfried hatte sich an die Zeit erinnert, wie er Janka kennengelernt hatte, vom letzten Urlaub geschwärmt, von ihrem gemeinsamen Traum, im nächsten Sommer einen Wintergarten ans Haus anzubauen... In den darauf folgenden Wochen trafen sich Dr. Bergmann und Dr. Schuster oft, und die Gespräche halfen

Dr. Schuster, wieder ins Leben zurückzufinden. Doch dann war da die Geschichte mit Nicola und dem Postboten, und Oliver hatte plötzlich mit seinem eigenen Leben genug zu tun. Als dann auch noch Ellen in sein Leben trat, blieb für Siegfried Schuster keine Zeit mehr.

„Ja, das ist wahr, ich war lange nicht mehr hier", bestätigte Dr. Bergmann. „Was kann ich für dich tun, Oliver?" wollte Dr. Schuster lächelnd wissen.

„Ich habe hier eine Schweiß- und eine Blutprobe und ich möchte, dass du diese beiden Proben bitte auf Zystische Fibrose untersuchst, und mir das Ergebnis dann bitte so schnell und so unauffällig wie möglich zukommen lässt. Und noch etwas: Bitte stell jetzt keine Fragen", bat Dr. Bergmann.

„In Ordnung. Und weshalb so geheimnisvoll?".

„Ich sagte doch gerade, bitte stell jetzt keine Fragen", meinte Dr. Bergmann hörbar genervt.

„Na schön, wird erledigt", murmelte Dr. Schuster.

„Danke", erwiderte Dr. Bergmann und ging ins Ärztezimmer.

Dort angekommen holte er sofort sein Mobiltelefon hervor und wählte die Nummer seiner Ex-Frau.

„Hallo Oliver", grüßte Nicola ihn.

„Hey, wie geht es Nele und dir?", wollte er wissen.

„Nele geht es ganz gut, sie ist aber ganz aufgeregt wegen der Einschulung und etwas müde, sie hat aber kein Fieber mehr", erzählte Nicola ihrem Ex-Mann. „Sie ist gerade eingeschlafen".

„Das freut mich", meinte Oliver. „Ich habe die Proben ins Labor gebracht, jetzt heißt es abwarten", fuhr Oliver fort.

Nicola seufzte hörbar. „Das macht mich wahnsinnig", raunte sie ins Telefon, sie war hörbar aufgewühlt.

„Was macht dich wahnsinnig?", wollte er wissen.

„Diese elende Warterei", erwiderte sie und seufzte wieder.

„Wir schaffen das, Nici, vertrau mir", versuchte Oliver sie aufzubauen.

„Ich hoffe, du hast recht, denn wenn Nele irgendetwas zustößt dann...das ertrage ich einfach nicht, ich habe schon alles verloren, wenn ich jetzt auch noch Nele verliere...", sie brach ab und fing an zu schluchzen.

Oliver wusste genau, was Nicola damit meinte. Am liebsten hätte er sie jetzt in seinem Arm gehalten.

„Nici, das wird nicht passieren, warten wir doch erst einmal die Untersuchungsergebnisse ab, außerdem bin ich immer für euch beide da, wir halten zusammen, das verspreche ich dir", versicherte er.

„Danke", hauchte sie in den Hörer.

Auch wenn sie wie so oft *die Starke"* spielte; er wusste, dass sie nahe an einem Zusammenbruch war.

„Soll ich vorbeikommen? Ich spüre doch, dass es dir nicht gut geht", bot Oliver ihr höchst besorgt an.

„Nein, es geht schon", wehrte sie ab.

„In Ordnung, aber wenn irgendetwas ist, oder es dir, beziehungsweise Nele schlechter geht, dann rufe mich an, ich komme sofort vorbei, egal um welche Tages- und Nachtzeit, okay?".

„Ja, mache ich, danke und du halte mich bitte auf dem Laufenden, ja?", vergewisserte sie sich.

„Ja das mache ich, bis dann", meinte er.

„Bis dann, Oliver", erwiderte sie und legte auf.

Kaum hatte er sein Handy aus der Hand gelegt, da klingelte es. Hatte Nicola vergessen, ihm etwas zu sagen? Nein. *>Ellen ruft an<,* stand auf dem Display.

Er hob ab.

„Ellen, mein Schatz, was gibt es?", fragte er freudig.

„Hey, Oliver. Ich hatte gerade eine super Idee, was hältst du davon, wenn ich Nele abhole, und wir beide etwas für uns drei zum Mittagessen kochen, bis du kommst?", schlug sie vor.

„Das ist eine gute Idee, Schatz. Pass auf, wir machen es so: ich rufe bei Nele an und kläre das ab, und dann gebe ich dir wieder Bescheid, in Ordnung? Ach, Nele wird sich bestimmt freuen! Ich kläre das ab und rufe dich dann an, okay?", vergewisserte er sich.

„Okay", Ellen legte auf.

Schon wählte Dr. Bergmann wieder die Nummer seiner Ex-Frau. Nicola war sofort am Telefon. „Hey, Oliver, was gibt es denn?", fragte sie, verwundert über seinen erneuten Anruf.

„Ellen würde gerne mit Nele etwas kochen, wäre es okay, wenn sie Nele abholen würde?", erkundigte sich Oliver.

„Ich weiß nicht, Nele geht es ja nicht besonders gut", Nicola klang zögerlich.

„Ellen ist Kinderärztin und außerdem glaube ich nicht, dass unsere Tochter sich beim Kochen überanstrengen wird, Ellen hat da schon ein Auge drauf".

„Ja, sicher. Nele steht dann draußen, so gegen 11 Uhr?".

„Okay, bis dann". Er legte auf.

Er rief Ellen an und bat sie, seine Tochter zu der ausgemachten Uhrzeit abzuholen. Dann machte er sich auf den Weg zu Frau Lahn, die mittlerweile mit Röntgen, sowie mit CT fertig war. Dr. Bergmann hängte die Bilder, die Schwester Julia ihm gegeben hatte, an die Leuchttafel und schaltete diese ein. Anschließend half er gemeinsam mit Schwester Julia Frau Lahn dabei, sich auf die Untersuchungsliege zu setzen.

„So, Frau Lahn, haben Sie das Röntgen gut überstanden ja?", fragte Dr. Bergmann, an seine Patientin gewandt.

„Ja, das habe ich", erwiderte diese.

„Das freut mich sehr", entgegnete Dr. Bergmann.

„Dankeschön, Schwester Julia, Sie können gehen, ich kümmere mich um die Patientin Lahn", meinte Dr. Bergmann, und Julia verließ den Raum.

„Hier auf den Bildern ist deutlich zu sehen, Frau Lahn, dass Sie eine Distale Fibulafraktur haben".

Frau Lahn runzelte die Stirn. „Könnten Sie mir das bitte in normalem Deutsch erklären und so, dass ich es verstehe, Herr Doktor?", bat sie.

„Natürlich, entschuldigen Sie bitte, Frau Lahn, was ich meinte ist, Sie haben einen Außenknöchelbruch".

„Und wie kann man einen solchen Bruch behandeln?", wollte Frau Lahn sogleich wissen.

„In der Regel wird ihr Fuß geschient, dann sollte er möglichst gekühlt, sowie hochgelagert werden. So etwas gipst man heutzutage nicht mehr ein", erklärte Dr. Bergmann.

„Das heißt, ich kann schon heute wieder nach Hause?", wollte Yvonne Lahn wissen.

„Ganz so schnell geht es dann leider doch nicht, Frau Lahn, erst einmal muss ich später mit den Kollegen besprechen, wie wir Sie weiterbehandeln, bis dahin müssen Sie Ihren Fuß hochlagern und kühlen. Außerdem werde ich Ihnen vorerst eine Lagerungsschiene verordnen, bis ich mit meinen Kollegen *Ihren Fall*" besprochen habe", erklärte Dr. Bergmann.

„In Ordnung", erwiderte seine Patientin.

Dr. Bergmann verschwand kurz, um eine Lagerungsschiene mit weißem Polster und einen Eisbeutel zu holen. Wenige Minuten später war er zurück. Vorsichtig hob er das Bein seiner Patientin an und legte es in die Schiene. „Geht das so, Frau Lahn?", wollte er wissen.

„Ja, es geht, danke, Herr Dr. Bergmann", erwiderte seine Patientin.

Er wickelte den Eisbeutel in das weiße Frotteehandtuch und legte beides auf ihr Bein. Danach fixierte er den Fuß seiner Patientin mit einem Klettband in der Lagerungsschiene.

„So, Frau Lahn, das wäre es fürs Erste, eine Krankenschwester wird alle dreißig Minuten Ihren Eisbeutel wechseln, in der Ärztebesprechung werde ich mit meinen Kolleginnen und Kollegen beratschlagen, welches die bestmögliche Behandlungsmethode für Sie sein wird und Ihnen die Entscheidung natürlich unverzüglich mitteilen", erklärte Dr. Bergmann seiner Patientin.

„Vielen Dank, Dr. Bergmann", meinte Yvonne Lahn.

„Gerne. Also bis dann", entgegnete Dr. Bergmann.

„Bis dann", erwiderte Yvonne und Dr. Bergmann verschwand ins Ärztezimmer.

Nicola hatte ihre Tochter in Windeseile angezogen und ihr schicke Zöpfe mit rosafarbenen Haarspangen ins Haar geflochten.

„Freust du dich auf das Kochen und den Tag bei Papa?", fragte Nicola ihre Tochter.

„Ja, kochen mit Ellen macht richtig Spaß, bei Papa ist es immer sehr schön und die beiden kümmern sich gut um mich", versicherte Nele ihrer Mutter.

Die Worte „die beiden", die Nele soeben benutzt hatte, versetzten Nicola einen unerklärlich schmerzhaften Stich, aber sie nahm ihrer kleinen Tochter das Gesagte nicht übel.

Draußen waren die quietschenden Reifen und Bremsen eines Autos zu hören.

Nicola half ihrer Tochter in die Jacke, Nele schloss sorgfältig den Reißverschluss.

„Tschüss, mein Schätzchen, viel Spaß", Nicola strich ihrem Kind übers Haar.

„Tschüss, Mami. Wird super", Nele ging nach draußen. Nicola stand hinter dem Vorhang und beobachtete, wie Ellen mit ihrer Tochter umging. Erst einmal wurde Nele umarmt, dann gab es ein kleines Küsschen auf die Wange und schließlich strich Ellen Nele liebevoll übers Haar.

Ich frage mich, warum diese Frau keine eigenen Kinder hat, aber vielleicht kommt das ja noch, dachte sich Nicola, auch wenn sie sich das am wenigsten wünschte. Nicola sah zu, wie Ellen dem Mädchen beim Anschnallen half, schließlich selbst einstieg und davon fuhr.

Als die beiden im Auto waren, fragte Ellen: „Was möchtest du denn heute machen?"

„Alles; nur nicht in den Zoo gehen, einfach zu Hause bleiben und dir beim Kochen helfen und dann vielleicht noch baden gehen und du erzählst mir Geschichten", schlug Nele vor.

„Das ist eine ausgezeichnete Idee", fand Ellen und fuhr los.

Nachdem Nele das Haus verlassen hatten, beschloss Nicola, zuerst ein bisschen zu putzen, und dann würde sie es sich entweder in der Badewanne oder auf der Couch gemütlich machen und ein bisschen lesen.

Mittlerweile waren Ellen und Nele zu Hause angekommen, es war jetzt kurz vor 11:45 Uhr. Ellen half Nele aus der Jacke, wobei der Ellenbogen der Kinderärztin an die Brust des Mädchens stieß, und das nicht gerade sanft.

„Danke, Ellen".

„Bitte, was möchtest du denn als erstes tun?", erkundigte sich Ellen.

„Ich möchte eine Geschichte hören, Ellen, biiitte", bettelte Nele.

„Okay, setz dich doch schon mal aufs Sofa, ich erzähle dir eine von mir erfundene Geschichte, gut?".

„Oh ja!", Nele setzte sich aufs Sofa, Ellen nahm neben ihr Platz.

„Da war einmal ein kleines Mädchen, die Eltern des Mädchens waren geschieden, seitdem mochte das Mädchen die Mutter nicht, am liebsten wollte es die ganze Zeit bei ihrem Vater und dessen neuen Lebensgefährtin bleiben, die Lebensgefährtin war für das Mädchen zu einer „neuen" Mutter geworden. Sie kümmerte sich lieb um das Kind und war fürsorglich, aber wenn das Mädchen nicht hören wollte, oder zu viel Zeit mit dem Vater verbrachte, dann wurde es von Vaters Neuer „zurechtgewiesen". Ende der Geschichte", sagte Ellen und strich Nele sanft über die Wange und das Haar. „Siehst du, Nele, diese Geschichte hat gezeigt, dass man immer artig sein soll", sagte Ellen in einem merkwürdigen Tonfall.

Nele nickte.

„Wollen wir jetzt etwas für Papa kochen?", fragte Ellen.

„Es ist erst 12 Uhr, Papa kommt erst um 14 Uhr", hielt Nele dagegen.

„Aber ich habe Hunger, und du sicher auch".

„Okay, ich helfe dir dabei", gab Nele, halbwegs erfreut, nach.

„Alles klar, Kartoffel oder Nudeln mit Hackbraten und Rahm-Spinat?"

„Nudeln", wählte Nele.

„Okay, komm wir gehen in die Küche und setzen das Wasser auf!" Nele folgte Ellen, die einen Topf aus dem Schrank holte, ihn mit Wasser füllte und den Herd anstellte. Während sie warteten, bis das Wasser zu kochen begann, fragte Ellen: „Freust du dich auf deine Einschulung?"

„Ja, ganz besonders freue ich mich darüber, dass Papa auch kommt. Weißt du was, Ellen, ich wünschte Papa würde wieder bei Mama und mir einziehen, wir können ja trotzdem Freunde sein, du und ich", plapperte Nele munter drauflos.

Plötzlich stieg in Ellen Wut auf. Das Nudelwasser begann zu kochen.

„So, jetzt kannst du die Nudeln in das Wasser geben", wies Ellen die Kleine an.

Als wäre es aus Versehen passiert, stieß Ellen gegen den Topf, und das kochende Wasser ergoss sich über Neles Arm. Die sah Ellen einen Moment starr an, dann begann sie zu schreien: „Aua, das tut weh", und Nele fing an zu weinen.

„Oh, das tut mir aber leid", heuchelte Ellen mit gespieltem Bedauern. „Komm, wir gießen gleich kaltes Wasser darüber."

Nele sah sie mit einem Ausdruck von Angst und Abscheu im Gesicht an.

„Wann kommt endlich mein Papa nach Hause?", jammerte sie.

„Er wird gleich kommen. Lass mich mal deinen Arm ansehen, ich muss dir Brandsalbe auftragen, das war schließlich ein Unfall".

In diesem Moment wurde der Schlüssel im Haustürschloss umgedreht.

„Hallo, hallo, wo sind denn meine beiden hübschen Damen?", rief Oliver.

Nele riss sich sofort von Ellen los, die noch nicht mit ihrem Verband fertig war, und stürmte auf ihren Vater zu: „Papa, Papa! Ellen hat mich mit heißem Nudelwasser verbrannt. Es tut so weh!"

„Lass mich mal sehen, wie ist das denn passiert?", fragte er, mehr an Ellen gewandt, die inzwischen im Türrahmen stand.

„E-e-es war ein Unfall", stammelte Ellen empört.

Oliver versorgte den Arm seiner Tochter. Danach durfte sie zur Belohnung ein bisschen Kinderfernsehen schauen. Unterdessen ging Oliver zu Ellen in die Küche, die das Mittagessen fertigstellte.

„Sag mal, hast du sie eigentlich noch alle?! Kannst du nicht aufpassen?", zeterte er los. „Was glaubst du, was los ist, wenn Nicola das erfährt? *Ihr* würde so etwas nicht passieren!"

„Aber was kann ich denn dafür, wenn deine Tochter, diese kleine, vorlaute Göre, überall ihre Finger dazwischen hat?", rechtfertigte sich Ellen. Ihre Augen füllten sich mit Tränen.

Du kleines Biest wirst dich nicht zwischen uns drängen, dachte sie insgeheim.

Oliver nahm sie in den Arm. „Tut mir leid, ich habe vielleicht ein wenig überreagiert, aber wenn meiner kleinen Tochter etwas passiert, bin ich immer schnell am Durchdrehen."

„Ist schon gut. Das Mittagessen ist fertig, rufst du Nele?"

„Ja. Schätzchen, das Essen ist fertig", rief Oliver.

Das Essen verlief eher schweigend. Nach dem Essen gingen sie noch ein bisschen im Park spazieren, sodass Nele sich ein wenig ablenken konnte. Während des Spaziergangs wich Nele nicht von der Seite ihres Vaters. Plötzlich klingelte Olivers Handy. Es war sein Vater. Oliver hob ab.

„Vater, was gibt es denn?", erkundigte er sich.

„Deine Mutter fühlt sich seit einigen Tagen nicht wohl. Ich habe sie bereits untersucht, aber sie glaubt mir ja nicht, sie denkt, ich will sie nur bevormunden. Könntest du mal nach ihr sehen? Das wäre mir sehr recht", bat Wolfgang.

„Ja, natürlich. Ich komme sofort vorbei", Oliver legte auf.

„Du willst uns doch jetzt nicht etwa schon wieder alleine lassen", knurrte Ellen, und auch Nele schien wenig begeistert, den Rest des Tages doch noch alleine mit Ellen verbringen zu müssen.

„Ich sehe nur kurz nach Oma, du kannst ja in der Zwischenzeit ein schönes Bad nehmen, deinen verbrühten Arm lässt du aber aus dem Wasser draußen, ja?", Oliver drückte seiner Tochter einen feuchten Kuss auf die Stirn und sie machten sich auf den Rückweg. Als sie zu Hause angekommen waren, sprang Oliver ins Auto und fuhr zu seinen Eltern.

Ellen half Nele beim Ausziehen der Jacke und der Schuhe.

„Hat der Spaziergang Spaß gemacht?", fragte Ellen.

„Ja, es war schön", antwortete Nele.

„Dann werde ich mal dein Badewasser einlassen, gut wir passen schon auf, das dein verletzter Arm nicht nass wird, nicht wahr? Du kannst ja solange, bis das Wasser eingelaufen ist, ein bisschen Kinderfernsehen schauen, oder dein Buch durchblättern, ja?", schlug Ellen vor.

„Ich schaue das Buch mit den Tieren aus dem Zoo an, da sind ja auch so kleine Texte drin, an denen ich das Lesen üben kann, nicht?", fragte Nele fröhlich.

„Genau, und man kann sogar das Fell der Tiere fühlen und es streicheln", Ellen lächelte Nele an.

Nele nahm das Buch und blätterte eifrig die Seiten aus dickerer Pappe um, während Ellen ins Badezimmer ging und das Wasser einlaufen ließ, dazu gab sie ein bisschen Lavendelbadesalz.

Als Ellen wieder zu Nele ins Wohnzimmer kam, erwischte sie diese dabei, der Langhaarziege in dem Buch die Haare auszureißen. Ellen räusperte sich und Nele erschrak so sehr, dass ihr das Buch aus der Hand fiel.

„Komm, dein Badewasser ist eingelaufen", forderte Ellen Nele auf. Das Mädchen folgte ihr ins Badezimmer, wo Ellen ihr einen Plastikbeutel über den Arm stülpte, den sie oben mit einem Wollfaden leicht zuband, damit die Verbrennung am Unterarm kein Wasser abbekam.

Nele setzte sich in die Badewanne, Ellen reichte ihr einen Waschlappen und das Duschgel, welches nach Acai-Beere roch. Nele öffnete die Flasche und roch daran. „Hm, das riecht gut, Ellen", teilte Nele mit. „Mama hat das gleiche Duschgel. Das mag ich am liebsten und Papa auch", plapperte Nele fröhlich drauf los. „Auch Mama findet das Duschgel toll. Ich finde es wirklich schade, dass Papa und Mama nicht mehr zusammen sind, ich glaube manchmal, dass sie Papa ganz arg vermisst. Weil weißt du, Ellen, wenn ich schon im Bett liege, aber noch nicht einschlafen kann, dann höre ich Mama manchmal im Schlafzimmer leise weinen", erzählte Nele.

Mit einem Mal überkam Ellen ein unglaublicher Mix der Gefühle aus Wut, Schmerz, Eifersucht..., ja sogar ein bisschen Hass stieg in ihr auf. „Hör auf! Hör endlich auf damit, Nele! Wenn deine Mutter Oliver so sehr vermissen würde, dann hätte sie ihn nicht betrogen!", schrie Ellen die Kleine an. Oliver hatte Ellen am Anfang ihrer Beziehung einmal von dem Fehltritt seiner Ex-Frau erzählt.

Ellen konnte ihre Wut auf Nele nicht mehr zügeln, mit ihrer Hand drückte sie Neles Kopf unter Wasser. Sekundenlang.

Nele begann zu zappeln und sich zu wehren. Plötzlich wurde Ellen bewusst, was sie da tat. Rasch zog sie das Mädchen nach oben.

Nele japste nach Luft und fing an zu weinen. „Das sag ich meinem Papa, dass du so gemein zu mir bist!", schrie sie.

„Nele, Nele bitte, das war ein Versehen. Ich wollte das nicht!" Ellen zog Nele aus der Wanne und wickelte sie in ein flauschiges Badetuch. Sie ging vor ihr in die Hocke.

„Weißt du, Nele, es gibt solche Momente, da wissen nur die Leute in dem Zimmer, was darin passiert ist, das muss bei uns auch so sein. Das, was eben passiert ist, muss hier in diesem Raum und unser Geheimnis bleiben, du darfst weder Papa, noch Mama etwas davon erzählen, ja? Sonst schicken sie uns beide weg", beschwor sie das Kind.

Nele war völlig verängstigt und flüsterte: „Ich verrate bestimmt niemandem was…" In diesem Moment bekam sie einen furchtbaren Erstickungsanfall.

„Hallo, ich bin wieder da!", rief Oliver, als er zur Tür hereinkam. Er hörte Neles Röcheln aus dem Badezimmer und lief sofort hin.

Ellen saß auf dem Toilettendeckel und hatte Nele auf dem Schoß. Sie ließ weiter heißes Wasser in die Badewanne laufen, damit der Dampf Nele das Atmen erleichterte. „Was ist denn los?!", rief Oliver besorgt.

„Nichts", tat Ellen scheinheilig, „sie hat nur ein bisschen Husten."

Oliver riss ihr seine röchelnde Tochter aus den Händen, legte sie bäuchlings auf die Couch und machte eine Klopfmassage. Langsam beruhigte sich Neles Atmung und die Luftzufuhr wurde wieder besser reguliert.

„Man sollte nicht denken, dass du selbst Kinderärztin bist!", fuhr er Ellen scharf an. Er hob das Kind hoch, trug sie ins Badezimmer und begann Nele anzuziehen. Das Kind weinte leise vor sich hin.

„Was soll das?!", schrie Ellen hysterisch, die im Türrahmen stehen geblieben war, „du übertreibst ja wieder einmal maßlos!"

Oliver holte die Jacken von der Garderobe, nahm Nele auf den Arm und zischte: „Tut mir leid, aber ich glaube, du bist unfähig, eine halbe Stunde auf ein Kind aufzupassen!" Ohne eine Antwort abzuwarten, ging er nach draußen und ließ die Tür laut knallend ins Schloss fallen.

Kapitel 2

Nele jammerte: „Bringst du mich zu Mama? Ich hasse Ellen!"

„Aber Liebes, Ellen hat es doch sicher nicht böse gemeint", versuchte Oliver, sie zu beschwichtigen. Es war fast 20 Uhr, als sie bei Nicola ankamen. Er klingelte.

Als Nicola die Tür öffnete, sah sie ihn mit großen Augen an: „Was macht ihr zwei denn hier? Wolltest du nicht bei Papa schlafen, Nele?", erkundigte sich Nicola.

„Das ist eine lange Geschichte, Nele sollte jetzt ins Bett gehen, ich erzähle dir dann alles".

Nicola nahm Nele auf den Arm und ging mit ihr ins Kinderzimmer. Derweil setzte sich Oliver auf die Couch und stützte den Kopf in beide Hände. Eine halbe Stunde später kam Nicola aus dem Kinderzimmer und setzte sich zu ihm.

„Sag mal, was war denn los? Nele ist ja völlig durcheinander?", fragte sie besorgt.

„Ich war nur kurz weg, meine Mutter hatte Kreislaufprobleme, als ich wieder kam, war Nele am Röcheln und Ellen wusste sich nicht zu helfen, ich habe sie ziemlich angemotzt, hab dann Nele angezogen und bin mit ihr zu dir gefahren", erzählte Oliver.

„Scheint ja ganz toll zu sein, deine Neue, und so fürsorglich, eine bravo Kinderärztin!" Diesen bissigen Kommentar konnte sich Nicola nicht verkneifen. Sie sprang auf und lief vor der Couch auf und ab. „Ich möchte dass meine Tochter mit dieser Person nicht mehr alleine ist, zumal wir auch noch nicht wissen, was ihr fehlt."

„Ja, aber Ellen hat das sicher nicht bewusst getan", versuchte Oliver, seine Verlobte zu verteidigen. Plötzlich fing

Nicola an zu zittern und schwankte leicht. Oliver sprang auf und bekam sie gerade noch am Arm zu fassen. Sie fing an zu schluchzen: „Das ist alles zu viel für mich! Wir wissen nicht, was Nele hat, vielleicht ist sie schwer krank. Ich pack das alles nicht!"

„Aber ich bin doch hier und helfe dir immer, du weißt doch, Nele ist der wichtigste Mensch in meinem Leben." „Du legst dich jetzt hin, ich werde heute Nacht hier auf der Couch schlafen. Ich lasse euch doch nicht alleine, wenn es euch beiden nicht gut geht".

„Aber was wird Ellen wohl dazu sagen", versuchte Nicola zu protestieren.

„Das ist mir im Moment so ziemlich egal", entgegnete Oliver.

Er erwachte, als ein Sonnenstrahl durch die Rollos fiel. Verschlafen rieb er sich die müden Augen und blinzelte.

Auch Nicola erwachte, von der Helligkeit geblendet, und tapste ins Wohnzimmer.

„Guten Morgen, na, geht` s dir ein bisschen besser?", fragte er.

„Guten Morgen, Oliver, danke, dass du hier geblieben bist", seufzte Nicola und lehnte sich an seine Brust.

„Es wird alles gut, du wirst sehen", nuschelte er in ihr Haar. Er schwieg, als sein Blick plötzlich auf seine Armbanduhr fiel. „Scheiße, schon so spät! Verdammt, ich muss doch in die Klinik!", rief er aufgewühlt. Eilig zog er seine Hose an und schloss den Gürtel. Dann schlüpfte er in sein Hemd und schloss die Knöpfe, stieg in Strümpfe und Schuhe.

„Ich sage dir Bescheid, sobald die Laborergebnisse da sind, wir sehen uns ohnehin morgen bei Neles Einschulung", meinte er.

„In Ordnung. Bis dann", erwiderte sie.

Dr. Oliver Bergmann machte sich schnellstmöglich auf den Weg in die Klinik zur Schichtübergabe; hoffentlich war er noch nicht zu spät.

Dr. Ellen Roth war soeben in der Klinik eingetroffen. Sie hatte die ganze Nacht nicht geschlafen. Das erste Mal, seit sie zusammen waren, war Oliver über Nacht weggeblieben. Sie zog ihren Arztkittel über und ging ins Ärztezimmer. Sie war mehr als überrascht, Dr. Oliver Bergmann dort nicht anzutreffen. Bevor sie dieser Tatsache jedoch auf den Grund gehen konnte, nahm sie erst einmal ihr Mohn-Frischkäse-Brötchen, sowie eine Tasse Espresso zu sich. Anschließend ging sie ins Schwesternzimmer.

„Guten Morgen, Stephanie", grüßte Ellen die Schwester, mit der sie auch privat gut befreundet war.

„Guten Morgen, Ellen! Na, wie geht es dir?", wollte Stephanie von ihrer Freundin wissen.

„Ganz gut, und dir?", erwiderte Ellen.

„Auch gut, danke."

„Sag mal, weißt du, wo Dr. Bergmann ist?", fragte Ellen neugierig.

„Keine Ahnung, habe ihn heute noch nicht gesehen", meinte Schwester Stephanie achselzuckend.

„Guten Morgen allerseits!", rief Dr. Bergmann, während er seine Jacke auszog und sie an die Garderobe hängte.

„Guten Morgen, Dr. Bergmann", kam es aus dem Schwesternzimmer.

„Irgendwelche besonderen Vorkommnisse während meiner Abwesenheit?", wollte Dr. Bergmann, an die Krankenschwestern gewandt, wissen.

„Nein, Herr Doktor", erwiderten sie im Chor. Stephanie, Viktoria und Julia blickten von Dr. Oliver Bergmann zu Dr. Ellen Roth – und wieder zurück - und verließen schlagartig das Zimmer. Vermutlich mussten sie an die Wäsche, Impfungen tätigen oder das Essen ausgeben...

Nicola Voss hatte sich geduscht und angezogen. Morgen war Neles Einschulung. Nele hatte kein Fieber, aber der Husten und der ab und an keuchende Atem waren geblieben. Nicola half ihrer Tochter beim Anziehen und setzte die Kleine ins Auto.

Sie sah den Postboten John von Ahrendt, mit dem sie damals von Oliver sozusagen in flagranti erwischt worden war. Nachdem Oliver sich daraufhin von ihr getrennt und ein Jahr später die Scheidung eingereicht hatte, hatte sie mit John noch ein, zwei Mal intimere Momente gehabt, das letzte Mal vor ungefähr vier Monaten; doch wenig später war sie es gewesen, die die Affäre mit ihm beendet hatte. Seitdem waren beide wieder per Sie und das Verhältnis zwischen ihnen war mehr als unterkühlt.

„Ah die Post, wie schön! Sie waren auch schon einmal pünktlicher, Herr von Ahrendt", tadelte sie ihn.

Er öffnete seinen gelben Postsack und zog betont langsam einen einzigen Briefumschlag heraus, den er ihr feierlich überreichte: „Bitteschön, Frau Dr. Voss." Sie nahm den Umschlag entgegen und las den Absender.

„War das alles, Herr von Ahrendt?" wollte sie von John wissen.

„Jawohl, Frau Dr. Voss, das ist alles", bestätigte John.

„Könnten Sie bitte trotzdem noch einmal nachsehen?", herrschte sie ihn an.

„Sicher", entgegnete John gelassen und durchsuchte provozierend langsam die Briefumschläge in seiner Tasche, während Nicola ungeduldig von einem Fuß auf den anderen trat, um ihr dann mit Genugtuung mitzuteilen: „Nein, tut mir leid, keine weitere Post für Sie, Frau Dr. Voss."

„Vielen Dank und auf Wiedersehen, Herr von Ahrendt", entgegnete sie eisig, lief die wenigen Schritte zu ihrem Auto und öffnete Nele die Tür. Den Brief noch immer in der Hand, stieg sie auf der Fahrerseite selbst ins Auto.

„Bis zum nächsten Mal und auf Wiedersehen, Dr. Voss", rief der Postbote ihr höhnisch hinterher.

„Anschnallen, mein Schatz", befahl sie ihrem Kind.

„Schon erledigt, Mama! Holt ihr mich heute gemeinsam vom Kindergarten ab, du und Papa? Heute ist doch mein letzter Tag!", fragte Nele voller Neugier.

„Mal schauen, mein Schatz", antwortete Nicola ausweichend. Schon jetzt war sie total gestresst. Sie startete den Motor und fuhr los zu Neles Kindergarten. Ihre Gedanken kreisten um Neles mögliche Erkrankung, den Brief auf dem Beifahrersitz, den Abend mit Oliver... Fast hätte sie eine rote Ampel übersehen! So konnte das nicht weitergehen! Sie zwang sich, auf den Verkehr zu achten und Ihre Gedanken auf die Gegenwart zu fokussieren. Neles letzter Tag im Kindergarten... „Bist du traurig, dass heute dein letzter Tag im Kindergarten ist? Oder freust du dich einfach nur auf deine Einschulung morgen?", fragte sie ihre Tochter.

„Ich bin froh über meine Einschulung, Mama! Außerdem kommen die Kinder aus meiner Gruppe doch in meine Klasse – das ist dann ja wie im Kindergarten, nicht?", plapperte Nele.

„Ja, richtig. Morgen wird ein ganz toller Tag, und ich freue mich für dich, mein Schatz", erwiderte Nicola.

„Papa hat gesagt, er ist auch dabei!", freute Nele sich.

„Ja, er bleibt auch während der ganzen Einschulungsfeier dabei. Und während du deine erste Stunde hast, warten wir auf dich. Dann werden wir zur Feier des Tages gemeinsam essen fahren", erklärte Nicola.

„Bleibt Papa dann bei uns?", bohrte Nele weiter.

„Ich weiß es noch nicht, mein Schatz", meinte Nicola.

Sie waren angekommen. Nicola parkte den Wagen und stieg aus. Auch Nele war bereits herausgehüpft. Nicola ging vor ihrer kleinen Tochter in die Hocke. „Ich wünsche dir ganz viel Spaß an deinem letzten Tag", sagte Nicola und küsste ihre kleine Tochter.

„Danke, Mama", erwiderte das Mädchen und stapfte davon.

Als Nicola sich aus der Hocke erhob, wurde ihr für einen kurzen Moment so schwindelig, dass sie sich an ihrem Wagen abstützen musste, um nicht umzukippen. Sie atmete tief ein und aus und schleppte sich auf zittrigen Beinen zur Fahrertür ihres Wagens, stieg ein und fuhr los.

Dr. Bergmann machte sich auf den Weg in den großen Besprechungsraum zur Schichtübergabe. Er setzte sich neben Ellen und Dr. Tobias Naumann. Kollege Naumann war noch relativ neu an der Klinik und arbeitete dort als Augenchirurg. Er war vierzig Jahre alt. Seit zehn Jahren war er glücklich mit seiner Frau Ina, die sechsunddreißig Jahre alt war, verheiratet. Ina und Tobias Naumann waren seit vierzehn Jahren zusammen. Das erste Kind der beiden war endlich unterwegs.

Die beiden Klinikchefs, Professor Dr. Dr. Conrad Möbius und Professor Dr. Dr. Paul Thomsen, trafen soeben auch mit leichter Verspätung im großen Besprechungsraum ein. „Verzeihen Sie bitte vielmals unsere Verspätung, liebe Kolleginnen und Kollegen", bat Möbius. Die Kollegen nickten die Entschuldigung ab und die Professoren setzten sich.

„Irgendwelche besonderen Vorkommnisse?", wollte Professor Dr. Dr. Thomsen wissen.

„Nein", antwortete Dr. Bergmann.

„Wie ich dem Schichtplan entnehme, haben Sie den morgigen Tag frei", meinte Professor Dr. Dr. Möbius.

„Ja, Herr Professor Dr. Dr. Möbius, meine Tochter wird eingeschult".

„So, dann können wir uns ja jetzt unseren Patienten widmen", erklärte Professor Dr. Dr. Möbius.

„Sicher! Also wir hatten heute Nacht vier Neuzugänge, eine Distale Fibulafraktur, bei der wir über den weiteren Behandlungsverlauf beratschlagen müssen; eine akute Gastritis und dann noch zwei Patientinnen, eine von ihnen ist schwanger und klagt über Wehen, bei der anderen liegt eine akute Appendizitis vor", erklärte Dr. Bergmann.

„Vielen Dank Dr. Bergmann, Sie machen zuerst den Appendix und dann die Fibulafraktur", erklärte Professor Dr. Dr. Möbius. „Dr. Roth, Sie kümmern sich um die Schwangere und das Kind. Für mich bleibt dann wohl die Gastritis übrig", erklärte der Professor.

In diesem Augenblick gingen die Pieper los und ein Notfall wurde eingeliefert. Dr. Bergmann erreichte die Notaufnahme erst nach Dr. Dr. Möbius und Dr. Roth.

„Was haben wir?", wollte Dr. Ellen Roth wissen.

„Siebenunddreißigjährige Frau, ist bisher aus noch ungeklärter Ursache gegen einen Baum gefahren. Sie hatte Glück, es scheint, als hätte sie nur eine kleine Kopfverletzung", erklärte der Sanitäter.

„Danke, in den Schockraum", meinte Dr. Dr. Möbius. Dr. Bergmann war der letzte, der im Schockraum eintraf und er erschrak beinahe zu Tode, als er in das Gesicht der Patientin blickte.

„Nici", stammelte Dr. Bergmann - zum Glück so leise, dass es keiner gehört hatte.

„Dr. Bergmann, ist alles in Ordnung?", wollte Dr. Dr. Möbius wissen.

„Ja. Ich übernehme die Patientin", erwiderte Dr. Bergmann entschlossen.

„Aber…", begann Dr. Dr. Möbius.

„Ich werde mit Ihnen nicht diskutieren, Herr Professor", stellte Dr. Oliver Bergmann klar.

„Von mir aus", gab der Professor nach. „So und jetzt an die Arbeit", scheuchte er stattdessen die anderen Anwesenden fort und schon löste sich der Menschenschwarm um Dr. Bergmann und seine Patientin auf, bis sie schließlich nur noch zu zweit waren.

„Okay, auf drei. Eins. Zwei. Drei", meinte Dr. Bergmann, packte das Tuch und zog seine Ex auf die Behandlungsliege.

„Aua! Ah! Kannst du nicht aufpassen?!", fuhr sie ihn gereizt an.

„Entschuldige bitte", murmelte er.

Sie nickte.

„Ich werde jetzt erst einmal deine Kopfplatzwunde nähen", erklärte Dr. Bergmann.

„Tu das. Danach kann ich ja wieder gehen".

„Mit Sicherheit nicht", beharrte Dr. Bergmann.

Er holte eine Nierenschale, Desinfektionsspray, Handschuhe, Wundkompressen, Heftpflaster, Nadel und Faden aus dem Schrank.

„Setz dich bitte auf, wenn es geht, aber langsam", befahl er. Sie nickte und tat, wie ihr geheißen. Dr. Bergmann setzte sich auf einen Rollhocker, desinfizierte sich die Hände, streifte sich die Latexhandschuhe über und begann, die Wunde seiner Patientin ebenfalls zu desinfizieren. „Vorsicht, es könnte jetzt gleich ein bisschen brennen", warnte er.

„Das weiß ich", erwiderte sie gereizt.

Nachdem er die Wunde desinfiziert hatte, begann er, mit ein paar geschickten Handgriffen Nicolas Wunde zu nähen. „So, dass war die Wundversorgung", stellte er fest.

„Danke Dr. Bergmann", erwiderte sie ironisch.

„Jetzt kümmern wir uns um die Ursache deines Schwindels. Hattest du solche Schwindelanfälle schon häufiger, wenn ja, wann?", wollte Dr. Bergmann sofort ohne größer Umschweife von seiner Ex wissen.

„Ja, hin und wieder, meistens morgens nach dem Aufstehen", meinte sie.

„Okay, somit können wir einen Lagerungsschwindel schon einmal ausschließen", meinte er.

„Oh, Olli, das ist mir jetzt echt zu blöd, ich habe zu tun!", ereiferte sie sich.

„Und ich als dein behandelnder Arzt habe die Ursache für deine Schwindelanfälle herauszufinden, und ich werde jetzt deinen Blutdruck messen, ob es dir passt oder nicht!", stellte er klar.

Er stand auf und wandte ihr eine Sekunde den Rücken zu, um das Blutdruckmessgerät aus dem Schrank zu nehmen - und dies war der Moment, den Nicola Voss nutzte, um unbemerkt aus dem Behandlungszimmer zu verschwinden. Dr. Bergmann wandte sich um, und starrte die leere Behandlungsliege an.

„Nici!!!", schrie er auf und rannte nach draußen.

Nicola war bereits auf der steinernen Außentreppe, als ihr plötzlich wieder schwindlig wurde. Sie verlor den Halt und stürzte kopfüber die Treppe hinunter.

Er sah sie fallen und schrie wieder: „Nici!", während er nach draußen rannte, wo er sie auf dem geteerten Boden vor der Treppe liegen sah.

„Scheiße", murmelte er und rannte die Stufen hinunter. Vorsichtig kniete er sich neben sie und schlug ihr dreimal auf die Wange.

„Nici! Hey Nici, komm schon, wach auf! Wach auf, Nici!", rief er.

Er fühlte ihren Puls, dieser war schwach, aber vorhanden. Dr. Nicola Voss kam langsam wieder zu sich. Ihre Lider flackerten, sie blinzelte benommen. Dr. Bergmann wandte sich um. Im Türrahmen stand Schwester Stephanie.

„Eine Trage, schnell!", fuhr Dr. Bergmann sie an. Der Arzt war selten nett zu Krankenschwestern, er hielt die meisten für dämlich. Schlagartig riss seine Stimme

Schwester Stephanie in die Gegenwart zurück und sie machte sich sofort auf den Weg. Nicola Voss wollte sich aufsetzen, doch das gelang ihr nicht.

„Bleib liegen", mahnte Oliver und fuhr ihr mit seiner Hand über die Wange und durch das Haar. Inzwischen war Schwester Stephanie mit der Trage zurück.

„Auf drei", meinte Dr. Bergmann und zählte.

Gemeinsam mit Schwester Stephanie hob er die Patientin auf die Trage und fuhr sie in den Behandlungsraum, wo sie diese wieder auf die Liege umbetteten. Dr. Bergmann zog sich seinen Rollhocker heran und setzte sich. Er leuchtete ihr in die Augen.

„Pupillen sind in Ordnung", murmelte er.

„Dann kann ich ja gehen", erwiderte sie entnervt.

„Das Spielchen hatten wir schon – ich will jetzt endlich wissen, was mit dir los ist! Ganz sicher wirst du nicht gehen, ich werde dir jetzt als allererstes endlich den Blutdruck messen", versicherte er, legte ihr die Manschette an und betätigte die Pumpe.

„Hundertsiebzig zu neunzig, Nici, verflucht, du musst kürzer treten", rief er aufgewühlt.

„Ja, ja". Sie rollte mit den Augen. Er zapfte ihr eine Kanüle Blut ab.

„Wofür ist denn jetzt das?", Nici war gereizt.

„Wir müssen die Ursache für deine Schwindelanfälle herausfinden!", auch Dr. Oliver Bergmann war inzwischen gereizt.

„Verdammt! Es gibt keine Ursache, ich habe wenig geschlafen, keine Zeit zum Essen gefunden, viel Stress, das ist doch wohl nichts außergewöhnliches, kein Wunder, dass mir da ein wenig schwindelig wird", tat Nicola lapidar ab.

„Schwester Stephanie", rief Dr. Bergmann. Sofort stand die Krankenschwester in der Tür.

„Wir verlegen Frau Dr. Voss auf ein Zimmer, sie bleibt die Nacht über bei uns", Dr. Bergmanns Ton machte deutlich, dass er keinen Widerspruch duldete.

„Mach dir keine Sorgen um Nele, ich hole sie aus dem Kindergarten ab und sie kann bei uns übernachten", sagte Oliver an Nicola gewandt.

„Aber morgen ist Neles Einschulung, ich kann nicht hierbleiben", protestierte Nicola.

„Deine Gesundheit geht vor, erst müssen wir wissen, was dir fehlt, den Rest bekommen wir schon irgendwie hin", widersprach Oliver.

Wenig später wurde Nicola auf ihr Zimmer geschoben.

„Wenn Sie noch etwas brauchen, dann klingeln Sie einfach", meinte Schwester Stephanie.

Plötzlich begann Nicola, heftig nach Luft zu röcheln.

„Dr. Voss, ist alles Ordnung?", erkundigte sich Schwester Stephanie, aber Nicola konnte nicht antworten.

„Dr. Bergmann! Dr. Bergmann, kommen Sie schnell!", rief Schwester Stephanie ihn zu Hilfe.

Bergmann war sofort zur Stelle.

„Was ist los?", fragte er panisch, als er Nicola röcheln sah.

„Ich weiß nicht, sie hatte plötzlich Atemnot", erklärte Schwester Stephanie.

„Lassen Sie uns alleine", befahl Dr. Bergmann und die Krankenschwester verschwand.

„Was ist wirklich los?", wollte Dr. Bergmann von seiner Ex wissen, als sie alleine waren.

„Die Schwindelanfälle sind manchmal wirklich heftig, hinzu kommt starke Migräne", erklärte sie.

Nachdem er Nicola etwas zur Beruhigung und gegen die Schmerzen gegeben hatte, meinte er: „Du weißt, dass Schwindelanfälle auch psychische Ursachen haben können. Und deshalb würde ich gerne herausfinden, was eigentlich los ist!"

„Ja, das weiß ich, aber im Moment ist einfach alles ein bisschen viel: Die Ungewissheit über Neles Gesundheit, meine Arbeitslosigkeit, naja und alles andere, das macht mir einfach zu schaffen", entgegnete Nicola kleinlaut.

„Siehst du, und genau aus diesen Gründen bleibst du erst einmal hier." Ohne auf eine Antwort zu warten, drehte sich Dr. Bergmann um und ging in den Operationssaal, um den Appendix zu operieren.

Nach der geglückten Appendix-Operation trank Dr. Oliver Bergmann einen schwarzen Kaffee, welcher mittlerweile erkaltet war, ehe er sich gemeinsam mit Professor Dr. Dr. Möbius auf den Weg zur Patientin Lahn machte.

Die beiden Ärzte berieten noch einmal kurz den weiteren Behandlungsverlauf der Patientin, dann klopften sie an ihre Tür. „Herein", ertönte Yvonnes Stimme von innen. Professor Dr. Dr. Möbius und Oberarzt Dr. Bergmann traten ein.

„Hallo, Frau Lahn, wir würden gerne mit Ihnen den weiteren Behandlungsverlauf besprechen", erklärte der Professor.

Yvonne musste sich jedes Mal, wenn der Herr Professor seinen Mund zum Sprechen öffnete, zusammenreißen, um nicht lauthals zu lachen. Denn Conrad Möbius sprach sehr undeutlich und nuschelte. Er war manchmal kaum zu verstehen. Sie setzte sich in ihrem Bett auf, und an den Professor gewandt, forderte sie den Mediziner auf: „Schießen Sie los, Professor Möbius."

Der Professor wechselte einen Blick mit seinem Kollegen, ehe er begann.

„Wie sind Ihre Schmerzen bisher, wie fühlen Sie sich?", erkundigte er sich.

„Die Schmerzen sind dank der Medikamente erträglicher geworden", erklärte sie.

„Wir haben nach Sichtung Ihrer Röntgenaufnahmen beschlossen, die Fraktur zu operieren. Deshalb haben Sie heute auch kein Frühstück bekommen. Gleich kommt die Anästhesistin um Sie über die Narkose aufzuklären; in zirka einer halben Stunde ist Ihr OP-Termin, danach werden Sie mit einem Geh-Gips versorgt und müssen noch etwa drei bis vier Tage bei uns bleiben. Dr. Bergmann wird Sie operieren, er ist ein sehr erfahrener Chirurg".

„Die Krankenschwester wird gleich kommen und Sie für die Operation vorbereiten, wir sehen uns dann gleich", erläuterte Dr. Bergmann und reichte der Patientin die Hand.

„Danke, und bitte geben Sie sich Mühe, ich möchte nämlich möglichst bald wieder Mountainbike fahren", erklärte Yvonne Lahn.

„Ich tu, was ich kann", Dr. Bergmann schmunzelte und verließ das Zimmer.

Kapitel 3

Während sich Dr. Bergmann um die Fraktur von Frau Lahn kümmerte, hielt Professor Dr. Möbius die Visite ab. Er kam ins Zimmer von Nicola Voss. „Guten Tag, mein Name ist Conrad Möbius, ich bin der Professor an dieser Klinik", stellte er sich der Patientin vor und streckte ihr die Hand entgegen.

„Sehr erfreut, Sie kennenzulernen, Herr Professor, mein Name ist Dr. Nicola Voss, ich bin Gynäkologin und Chirurgin.

„Wir haben Ihre Blutwerte untersucht, da ist alles in Ordnung. Trotzdem sollten wir abklären, woher Ihr Bluthochdruck kommt", meinte Dr. Möbius.

„Aber das kann doch sicher auch mein Hausarzt machen, der ist Internist. Wissen Sie, ich habe eine kleine Tochter, um die ich mich jetzt dringend kümmern sollte, außerdem bin ich gerade auf Jobsuche und habe morgen ein Vorstellungsgespräch", flunkerte Nicola.

„Natürlich kann das auch durch Ihren Hausarzt überprüft werden. Wo haben Sie sich denn beworben, wenn ich fragen darf? Wissen Sie, unsere Klinik ist auch gerade auf der Suche nach einer Chirurgin", meine Professor Dr. Dr. Conrad Möbius.

„Oh, so eine tolle Klinik wie Ihre würde mir natürlich viel besser gefallen; ich habe mich an einer kleinen Klinik weit außerhalb vom wunderschönen Kaltensee beworben."

„Wissen Sie, was wir jetzt tun? Sie versprechen mir, dass Sie Ihren Blutdruck kontrollieren, und im Gegenzug dürfen Sie auch mir Ihre Bewerbungsunterlagen schicken", schlug er vor.

„Einverstanden. Sehr gerne", willigte Nicola ein. Sie setzte sich voller Begeisterung im Bett auf.

„Dann mache ich jetzt Ihre Entlassungspapiere fertig und würde mich freuen, Sie bald wiederzusehen - aber dann als Kollegin und nicht als Patientin", sagte Möbius und streckte ihr die Hand entgegen.

„Vielen Dank."

Möbius verließ das Zimmer. In der Zeit, die Nicola im Krankenhaus lag, hatte Nele bei ihrem Vater und dessen Lebensgefährtin übernachtet.

Nicola fuhr nach Hause und zog sich ein schwarz-weißes Cocktailkleid an. Dazu passend trug sie schwarze Schuhe mit hohem Absatz und eine elegante Etui-Handtasche. Anschließend rief sie Oliver an. Er hatte sich heute den kompletten Tag frei genommen und dies schon vor Monaten im Dienstplan eingetragen. Dr. Naumann hatte seine Schicht übernommen. Nach dem Telefonat zog er Nele an und machte sich mit ihr auf den Weg zu Nicola. Ellen war beim Frühstück ziemlich einsilbig gewesen und wünschte den beiden zum Abschied mit süß-saurer Miene viel Spaß.

„Hey, da hat dich Möbius aber schnell entlassen", begrüßte Oliver seine Ex-Frau.

„Mami, Mami!", rief Nele und fiel Nicola zur Begrüßung um den Hals.

„Ich bin okay. Das war nur ein kleiner, stressbedingter Aussetzer", versuchte Nicola die Sache herunterzuspielen.

„Aber heute ist Neles großer Tag, komm meine Süße, ich werde dir noch schnell eine schöne Frisur verpassen", versprach sie und flocht Nele einen Zopf.

Auch Oliver hatte sich in Schale geworfen und sah in seinem dunklen Anzug unverschämt gut aus, fand Nicola.

Sie fuhren mit Nicola`s Cabriolet zur Schule.

Nele hatte ihre Schultüte und ihren rosa-farbenen Barbie-Schulranzen fest im Griff und plapperte während der ganzen Fahrt munter vor sich hin. Nach zwanzig Minuten waren sie an Neles neuer Schule angekommen.

„Habt ihr die Schultüte zusammen für mich gefüllt?", fragte Nele ihre Eltern.

„Aber natürlich, Schätzchen", log ihre Mutter. Nele strahlte.

Zuerst gab es einen gemeinsamen Gottesdienst für alle Schulanfänger. Danach trafen sich alle Kinder in der Aula, und die ABC-Schützen wurden ihren jeweiligen Klassenlehrerinnen zugeteilt. Nele kam in Klasse 1 C und ihre Lehrerin hieß Frau Buss.

Nachdem offiziellen Teil ging jede Klasse in das jeweilige Klassenzimmer. Nele stolzierte stolz winkend mit ihrer neuen Tischnachbarin los. Für die Eltern war ein kleines Buffet aufgebaut. Nicola und Oliver holten sich einen Kaffee und ein süßes Teilchen, dann setzten sie sich etwas abseits an einen Tisch.

„Nun raus mit der Sprache! Was ist bei deiner Blutuntersuchung herausgekommen?", fragte Oliver, nachdem er an seinem Kaffee genippt hatte.

„Alles halb so schlimm, wie ich es dir gleich gesagt habe, aber du musst ja unbedingt aus einer Mücke einen Elefanten machen. Was mich jetzt allerdings am meisten interessiert ist das Ergebnis von Neles Laborwerten - hast du schon etwas gehört?", fragte Nicola.

„Nein, noch nicht. Sonst hätte ich dich schon informiert".

„Unser Kind hat sich irgendwie verändert in der letzten Zeit, manchmal habe ich das Gefühl, sie möchte gar nicht mehr richtig zu dir. Und ich glaube, das liegt an Ellen", wechselte Nicola das Thema.

„So ein Unsinn, Ellen gibt sich wirklich große Mühe", beharrte Oliver.

„Na, wenn du meinst." Das war ja klar, dachte Nicola resigniert.

Sie wechselte erneut das Thema und erzählte Oliver von ihrem Gespräch mit Möbius und davon, dass er sie aufforderte, sich an seiner Klinik zu bewerben.

„Und - willst du das tun?", fragte er.

„Ja, ich könnte mir das sehr gut vorstellen. Die Lage der Klinik und ihr Ruf sind super, und außerdem würde es mich sehr freuen, an eine Klinik zurückzukehren, an der ich schon einmal war".

„Ja, Möbius kennt dich ja nicht. Als du bei uns gearbeitet hast, war ja noch mein Vater der Chef", antwortete Oliver.

Bevor Oliver antworten konnte, ertönte die Schulklingel, und Nele kam mit Schultüte und Schulranzen auf ihre Eltern zugelaufen. Sie plapperte aufgeregt, was sie schon alles gelernt hatte, dass sie ein Bild als Hausaufgabe malen müsse, dass die Lehrerin Frau Buss hieß, und sie und ihre Klassenkammeraden sehr nett seien und dass sie schon zwei neue Freundinnen gefunden hätte, und auch Larissa und Laura aus ihrer Kindergartengruppe seien bei ihr in der Klasse; außerdem würde sie sich schon auf morgen freuen.

„Wie wäre es, wenn wir jetzt gemütlich etwas essen ge-hen? Ich habe einen Tisch im Hotel „Kaltenseehof" reser-viert", unterbrach Oliver den Redefluss seiner Tochter.

„Ohja, ich habe Riesenhunger", platzte es aus Nele her-aus, „kommen Oma und Opa auch?"

„Nein, wir sind bei ihnen zum Kaffee eingeladen, für dich gibt es Tee oder Kinderpunsch", sagte Oliver zu seiner Tochter.

Nicola sah ihn erstaunt an. Kaffee bei seinen Eltern war jetzt nicht unbedingt das, was sie heute noch vorgehabt hatte. Aber wenn Wolfgang sie schon einmal einlud, würde sie die Einladung auf jeden Fall annehmen. Auch wenn sie sicher war, das Cosima-Mathilde ihren Mann entweder da-zu überredet hatte, oder er es Nele zu liebe tat.

„Los geht`s, meine Damen, ich habe auch Riesenhun-ger!", rief Oliver, und sie fuhren zum Hotel.

Nachdem Ellen ausgiebig gefrühstückt hatte, beschloss sie, in die Stadt zu gehen. Dort traf sie sich mit ihrer Freundin Heike, beide hatten einen Shopping-Tag geplant. Ellen fühlte sich ausgeschlossen, weil Oliver sie zur Ein-schulung nicht mitgenommen hatte.

Die beiden Frauen saßen sich in einem Café gegenüber. „Weißt du, Heike, ich glaube dieses Kind ist das einzige Hindernis in unserer Beziehung, sonst läuft es wirklich su-per zwischen uns", erzählte Ellen.

Heike hörte geduldig und aufmerksam zu, während sie sich eine Locke der dunkelroten Haarpracht aus dem Ge-sicht strich. „Du wirst dich schon nach an die Kleine ge-wöhnen", versuchte sie, Ellen zu beruhigen. Dann winkte sie der Kellnerin und meinte, an Ellen gewandt: „Lass uns gehen, ich muss heute Mittag arbeiten".

Sie zahlten und verließen das Café. Draußen vor der Tür verabschiedeten sich die Frauen. Ellen wollte noch zur Drogerie, um diverse Kosmetika zu kaufen. In der Fußgängerzone kamen ihr einige Eltern entgegen, deren Kinder fröhlich ihre Schultüten und Ranzen trugen. Plötzlich entdeckte sie auf der anderen Straßenseite Oliver, Nicola und Nele. Ellen drehte ihnen den Rücken zu und beobachtete die drei im Schaufenster einer Buchhandlung. Wie glücklich sie wirkten! Nele hüpfte lachend voraus, ihre Eltern schlenderten, entspannt lächelnd und ins Gespräch vertieft, hinterher. Ellen durchfuhr ein schmerzhafter Stich in der Magengegend. *„So hat es diese kleine Göre gern, Mama und Papa in trauter Zweisamkeit vereint, aber der werde ich es noch zeigen"*, dachte Ellen wütend.

Kurz vor 14 Uhr verließen Nicola, Nele und Oliver das Hotel „Kaltenseehof". Das Essen war wirklich hervorragend gewesen. Aber trotz des leckeren Essens war in den Mägen der Familie noch genügend Platz für Kaffee und Kuchen bei Olivers Eltern. Sie stiegen ins Auto und Nicola fuhr los.

Nach fünfzehn Minuten waren sie angekommen. Sie stiegen aus und Oliver betätigte die Klingel.

Cosima-Mathilde öffnete die Haustür. Auch sie hatte sich hübsch gemacht. Sie trug ein pinkfarbenes Kleid, das oben am Ausschnitt mit hellblauen Pailletten besetzt war, und dazu passend silberne Schuhe. Ihr tizianrotes Haar, das sie hochgesteckt hatte, kam dabei perfekt zur Geltung.

„Guten Tag, ich freue mich so sehr, euch zu sehen! Nicola, ich freue mich ganz besonders, dass du der Einladung gefolgt bist", wurde sie von Cosima-Mathilde begrüßt. Wolfgang saß derweil noch in seinem Hausanzug im Wohnzimmer und sah sich ein aufgezeichnetes Fußballspiel an. Nele begrüßte ihre Großmutter stürmisch und erzählte sofort von ihrem ersten Schultag.

„Nehmt doch Platz", bat Cosima-Mathilde.

Der Tisch war mit dem besten Geschirr aus Meißner-Porzellan gedeckt und mit blauen Steinen und Teelichtern liebevoll dekoriert.

Wolfgang stand auf und begrüßte zuerst Nele, dann Oliver und zum Schluss Nicola, die er abschätzend musterte. „Na, da ist ja mal wieder die Familie glücklich vereint", meinte er zynisch. Cosima-Mathilde ignorierte seine Bemerkung und bot ihre selbstgemachte Käse-Sahne-Torte an.

„Die Torte schmeckt wirklich köstlich", lobte Nicola.

„Ist mir zu süß, zu viele Kalorien", brummte Wolfgang. Aber keiner beachtete ihn.

70

Nachdem Kaffee wollte Nele unbedingt nach Hause, da sie ihre ersten Hausaufgaben zu erledigen hatte. „Na, wenn das so bleibt, meine kleine Streberin", lachte Oliver. Sie verabschiedeten sich herzlich von Cosima-Mathilde; Wolfgang stand nur einsilbig daneben.

„Aber Papa, du musst noch mit zu uns kommen, ich will dir dann noch unbedingt meine Hausaufgaben zeigen", bettelte Nele.

„Man muss nur wissen, wie man den Köder dressiert", brummte Wolfgang.

Nach einem fragenden Blick zu Nicola nickte er: „Ja, aber natürlich, Schätzchen." Er umarmte seine Mutter und ermahnte sie: „ Pass auf deine Gesundheit auf, Mutter", dann ging er, ohne sich von Wolfgang zu verabschieden, aus der Tür.

„Wenn du so weitermachst, musst du dich nicht wundern, wenn Oliver uns bald gar nicht mehr besuchen kommt", tadelte Cosima-Mathilde ihren Mann. Wolfgang brummte etwas Unverständliches und wandte er sich wieder dem Fernseher zu.

Bei Nicola zu Hause angekommen, wollte sich Nele gleich an ihren Schreibtisch setzen und die Hausaufgaben machen. „Papa, kommst du mit, ich zeige dir wie, gut ich das kann, das ist nämlich gaaaaanz einfach", sagte Nele und zog an Olivers Arm. Die beiden verschwanden im Kinderzimmer und Nicola rief ihnen noch hinterher: „Gut, dann werde ich mich mal umziehen, wenn ihr das alleine schafft!"

Sie ging ins Schlafzimmer, setzte sich aufs Bett und streifte sich die Schuhe ab. In diesem Moment fiel ihr Blick auf ihre Handtasche und sie entdeckte den Brief, den sie heute Morgen nur schnell eingesteckt hatte. Sie las den Absender. Der Brief war von Jan van Hooks. Jan hatte früher an der gleichen Klinik gearbeitet, an der auch Nicola angestellt gewesen war; er war dann aber relativ schnell wieder in seine Heimatstadt Amsterdam zurückgegangen, um dort als Gynäkologe zu arbeiten. Nicola hatte seine Adresse schon mehrmals an Frauen weitergegeben, die einen Abbruch wollten. Nicola war wie erstarrt. Sie ließ den Brief sinken und begann zu zittern. Jan bestätigte ihren Termin und schrieb, dass er sich freue, sie mal wieder zu sehen, wenn auch die Umstände nicht besonders erfreulich wären. In diesem Moment näherten sich Olivers Schritte. Hastig ließ sie den Brief in ihrer Handtasche verschwinden.

Schnell schlüpfte sie in ihren Hausanzug und verließ das Zimmer. Im Wohnzimmer traf sie auf Oliver und setzte sich neben ihn auf die Couch.

„Nele hat ihre Hausaufgaben fertig gemacht und ist nach draußen gegangen, um etwas im Garten zu schaukeln", klärte Oliver sie auf, um dann erstaunt festzustellen: „Du zitterst ja!". Er griff nach der dunkelgrünen Wolldecke, die auf der Armlehne der Couch lag, und deckte sie zu. „Besser?", fragte er.

„Viel besser. Mir ist nur ein wenig kalt", nickte sie.

„Ich habe noch eine Überraschung!", rief Oliver, ging zum Auto und holte eine Flasche Champagner, die er extra für diesen Anlass gekauft hatte, heraus. In einem Korb hatte er Orangensaft und Gläser deponiert. Freudenstrahlend stellte er alles auf den Wohnzimmertisch. Er öffnete den Sekt und wollte ihr gerade eingießen, als sie die Hand über das Glas legte.

„Für mich bitte keinen Alkohol, sonst wird mir nur wieder schwummrig", meinte Nicola.

„Okay gut, wie du meinst. Also wenn ich es nicht besser wüsste, würde ich sagen, du bist schwanger", fand Oliver.

„Nein, schwanger bin ich definitiv nicht, schenkst du mir bitte O-Saft ein? Es muss ja nicht jeder am helllichten Tag Alkohol trinken", erwiderte sie gereizt.

„Entschuldige bitte, es geht mich ja auch eigentlich nichts mehr an", Oliver goss ihr ein.

„Danke", sie lehnte sich an ihn.

Oliver räusperte sich. „Ich muss mich jetzt leider auf den Weg machen. Bist du soweit okay, kann ich gehen?", fragte er.

„Ja, sicher."

Oliver verabschiedete sich von Nicola, anschließend ging er in den Garten, um Nele Auf Wiedersehen zu sagen.

Kaum war Oliver gegangen, telefonierte Nicola mit Jan van Hooks, um den Termin zu bestätigen und die Sache hinter sich zu bringen.

Ellen hörte den Hausschlüssel im Schloss. Oliver kam gut gelaunt herein und küsste sie auf die Stirn: „Na, mein Schatz, hattest du einen schönen Shopping-Tag?"

„Ja, bis zu dem Zeitpunkt, an dem ich eine wahnsinnig glückliche Familie sah", erwiderte Ellen sarkastisch.

„Du hast *uns* gesehen?", fragte Oliver verunsichert.

„Kein Wunder, dass die kleine Göre versucht, euch wieder zusammenzubringen, das hat ja ausgesehen wie in der Werbung!"

Mit einem Schlag war Olivers gute Laune verflogen; er verzog sich mit einem Buch ins Wohnzimmer und vertiefte sich, auf der Couch liegend, in den Inhalt. Auch gegen Abend taute die Stimmung nicht auf. Er blieb in der Wohnstube und nächtigte auf dem Sofa; Ellen schlief allein im Schlafzimmer.

Am nächsten Morgen hatten beide Frühdienst und fuhren nach einem schweigsamen Frühstück ebenso schweigend gemeinsam zur Klinik.

Die Operation des Magengeschwürs, das die Folge einer jahrelangen Gastritis bei Herrn Acar war, gestaltete sich schwieriger als zunächst angenommen, denn der Patient war ganz und gar nicht gewillt, sich operieren zu lassen. Seit mehreren Tagen versuchte das Ärzteteam mit allen Mitteln, den Patienten von der Wichtig- und Notwendigkeit der Operation zu überzeugen.

„Herr Acar, diese Operation ist lebensrettend für Sie. Wenn das Geschwür aufbricht und blutet, werden Sie ohne diese Operation mit ziemlicher Sicherheit sterben!", ereiferte sich Professor Dr. Dr. Conrad Möbius.

„Ich lasse mich nicht aufschneiden, das ist mein letztes Wort!", rief Acar.

„Frau Dr. Roth, bitte rufen Sie Herrn Dr. Bergmann hinzu und bitten ihn, schnellst möglich zu kommen, vielleicht hat er ja noch eine Idee, wie wir den Patienten umstimmen können", wies der Professor die Ärztin an.

„Ist gut", erklärte Dr. Roth und ging nach draußen, um zu telefonieren.

„Ellen, was gibt's?", fragte er.

„Hey Olli, Herr Acar weigert sich nach wie vor, operiert zu werden und Professor Dr. Dr. Möbius bat mich, dich hinzu zu rufen; er meinte, du hättest noch ein Ass im Ärmel", erklärte Ellen nachdenklich.

Oliver atmete tief durch.

„Ist gut, ich komme", meinte Oliver und legte auf.

Dr. Ellen Roth steckte ihr Handy, wieder in ihre Kitteltasche und kehrte ins Krankenzimmer von Herrn Acar zurück.

„Und, was hat Dr. Bergmann gesagt, Dr. Roth?", erkundigte sich der Professor.

„Er kommt sofort."

Dr. Bergmann betrat das Krankenzimmer und bat seine Kollegen, einen Moment vor der Tür zu warten. Nachdem er sich eingehend mit Herrn Acar unterhalten hatte, schaffte er es tatsächlich, den Mann davon zu überzeugen, das Magengeschwür operieren zu lassen.

Später im Ärztezimmer beglückwünschte Professor Möbius Oliver zu seinen ausgezeichneten Überredungskünsten. „Übrigens, was ich Ihnen noch erzählen wollte: Diese Patientin, die sie neulich behandelt haben nach dem Autounfall, die ist Chirurgin, wussten Sie das? Und auf der Suche nach einem neuen Job. Ich habe Sie gebeten, Ihre Unterlagen zu schicken, was halten Sie davon?", fragte Möbius.

„Da gibt es etwas, das Sie wissen sollten, Herr Professor", druckste Oliver herum, „Dr. Nicola Voss ist meine Ex-

Frau, aber selbstverständlich hätte ich kein Problem, mit ihr zu arbeiten", versicherte Oliver.

„Na, das ist ja interessant, das hat mir die Frau Doktor natürlich nicht verraten! Ich bin ein bisschen erstaunt, aber dann bin ich noch gespannter auf ihre Bewerbungsunterlagen", freute sich der Professor.

Währenddessen hatte Nicola einen Termin mit Jan ausgemacht, gleich nachdem Nele zur Schule gegangen war. Mit Cosima-Mathilde hatte sie ausgemacht, dass diese Nele von der Schule abholen würde und auf die Enkeltochter achten würde. Nicola hatte nur gesagt, dass sie eine Freundin besuchen wollte; weder Nele noch ihre Großeltern hatten die geringste Ahnung von Nicolas Vorhaben.

Die Grenze zu Holland war einige Kilometer entfernt und nach drei Stunden saß sie in Jans Behandlungszimmer. Nach dem Vorgespräch mit ihm und dem Anästhesisten wurde die Behandlung ambulant eingeleitet. Danach würde sie noch für einige Stunden in der Tagesklinik bleiben. Jan hatte ihr versprochen, sie am Abend mit ihrem Auto nach Hause zu fahren. Er wollte für einige Tage alte Freunde in Kaltensee besuchen, und so hatte sie den Termin auf seine Urlaubspläne abgestimmt.

Nicola kam sich ziemlich schäbig vor. Hätte sie doch nicht am Ende noch *diesen einen* One-Nights-Stand mit John gehabt, obwohl die Affäre schon längst beendet war, würde sie jetzt nicht hier liegen! *Aber zwei Kinder und alleinerziehend, dass schaffte sie beim besten Willen nicht!* Sie hatte so viele schlaflose Nächte hinter sich, dass es kein Wunder war, wenn sie am Tag zitterte und zusammenbrach. Oft hatte sie sich vorgestellt, dass das Baby von Oliver wäre, dann hätte sie es nicht abgetrieben. Das Schlimmste war, dass sie mit niemandem darüber reden konnte.

Heute Morgen hatte sie noch schnell ihre Bewerbung für die Klinik in Kaltensee eingeworfen, schließlich musste sie lernen, ihr Leben alleine in den Griff zu bekommen.

Oliver hatte die Operation von Herrn Acar erfolgreich beendet und dessen Magengeschwür entfernt. Es war ein relativ ruhiger Tag in der Klinik, und so konnte er pünktlich um 14 Uhr Feierabend machen. Gemeinsam mit Ellen fuhr er nach Hause. Während sie duschen ging, kochte Oliver ihr zur Versöhnung ein Essen.

„Hm, was duftet denn hier so gut?", fragte sie, als sie aus der Dusche kam.

„Risotto mit Anchovis und Oliven, dein Lieblingsessen", verkündete Oliver.

„Es tut mir leid, dass du das Gefühl hast, Nele würde dich nicht mögen. Zwischen Nicola und mir ist viel passiert; wir müssen einfach versuchen, ohne Streit miteinander umzugehen, allein schon Nele zuliebe", begann Oliver während des Essens das Gespräch.

„Ach Oliver, manchmal habe ich das Gefühl, Nele wäre es am liebsten, wenn ihr wieder eine richtige Familie wärt. Ich habe das Gefühl, ich passe da einfach nicht rein", flüsterte Ellen.

„So ein Unsinn, Nele und du, ihr seid jetzt meine neue Familie", erwiderte er, stand auf, ging um den Tisch herum zu ihr und küsste sie.

Jan hatte Nicola gegen 19 Uhr zu Hause abgesetzt. Sie hatte den Eingriff gut überstanden. Rasch zog sie sich um und rief dann bei Cosima-Mathilde an.

„Hallo meine Liebe", freute sich Cosima-Mathilde, „schön, dass du wieder von dem Besuch deiner Freundin zurück bist. Wolfgang fährt jetzt zu einer Sitzung des Golfclubs, soll er Nele vorher bei dir abliefern? Dann musst du nicht extra noch einmal zu uns fahren", bot sie an.

„Sehr gerne", nahm Nicola den Vorschlag an.

Als es kurze Zeit später klingelte, stand Nele mit Wolfgang vor der Tür.

„Vielen Dank, Wolfgang", sagte Nicola.

„Gern", erwiderte Wolfgang kühl und ohne ein Lächeln, drehte sich auf dem Absatz um und ging.

Nele plapperte aufgeregt von ihrem Schultag und dem Aufenthalt bei ihren Großeltern, sodass Nicola gar nicht dazu kam, über das, was heute mit ihr geschehen war, nachzudenken.

Als Nele endlich eingeschlafen war, und Nicola zurück ins Wohnzimmer ging, sah sie, dass ihr Anrufbeantworter blinkte. Sie drückte auf den Knopf:

„Hallo, hier ist Professor Dr. Conrad Möbius. Ich habe Ihre Bewerbungsunterlagen durchgesehen und würde mich freuen, Sie morgen um 11 Uhr in meinem Büro begrüßen zu dürfen", ertönte seine Stimme. Nicola lächelte und dachte bei sich: ‚Das ging aber schnell.' Dann ging sie ins Bett. Schlaflos wälzte Nicola sich hin und her. Tausend Gedanken schwirrten ihr durch den Kopf. *Was würde aus Nele werden, wenn sich die Vermutung bestätigte? Würde Oliver für sie da sein? Wie würde es sein, wieder mit Oliver zusammenzuarbeiten? Was hatte sie heute getan: Eine Abtreibung vornehmen lassen - wie oft hatte sie in der Vergangenheit Frauen, die dasselbe taten, vorschnell verurteilt.*

Am nächsten Morgen war sie pünktlich im Büro des Klinikchefs; seine Sekretärin bat sie, Platz zu nehmen. Kurz darauf trat der Professor durch die Tür. Er erklärte ihr, dass er von ihren Bewerbungsunterlagen sehr angetan sei und fragte, wie schnell sie anfangen könne, da dringend eine weitere Kraft gebraucht würde. Nicola erklärte, dass sie sofort anfangen könne, und sie wurden sich schnell einig. Dabei verschwieg sie ihm, weshalb sie in ihrem vorhergehenden Job entlassen worden war.

„Kommen Sie mit, ich stelle Sie unserem Team vor, einige davon kennen sie ja bereits", sagte Möbius mit einem Augenzwinkern. Er erzählte Nicola, dass er seit zwei Jahren die Klinik leitete. Sie traten ins Ärztezimmer, wo neben einigen Kollegen auch Frau Dr. Ellen Roth und Dr. Oliver Bergmann, anwesend waren. „Das ist Frau Dr. Nicola Voss. Sie ist Gynäkologin und Chirurgin. Sie wird uns in nächster Zeit hier halbtags unterstützen. Ich denke, sie ist genau die Person, die uns noch gefehlt hat", stellte Möbius die neue Ärztin vor.

Dr. Ellen Roth und einige der anderen Ärzte musterten sie skeptisch, wobei in Ellens Blick mehr Misstrauen, als Skepsis lag. Professor Dr. Dr. Conrad Möbius nickte in die Runde und verkündete: „Frau Dr. Voss wird morgen früh anfangen; ich hoffe, Sie werden ihr alle wohlwollend gegenüberstehen."

Danach gingen Nicola und der Professor ins Büro, um die Formalitäten zu klären.

Als die beiden gegangen waren, raunte Ellen Oliver zu: „Hast du das gewusst?"

„Ich hatte nicht die geringste Ahnung, ehrlich", gab er sich unschuldig.

Ellen rauschte wutentbrannt davon.

In dieser Nacht hatte Oliver einen Traum:

Vor sich sah er Nicola. Sie lächelte versonnen. Er erinnerte sich: Sie beide in diesem wunderschönen Hotel an der kanarischen Küste...er fühlte sich wie im Himmel...

Es war ein riesiger Hotelkomplex gewesen. Seine Eltern hatten die Suite mitfinanziert. Nur fünf Gehminuten weiter befand man sich am weißen Sandstrand, vom Hotelfenster aus blickte man auf das türkisgrüne Meer.

Nach ihrer Ankunft waren sie vom Personal mit einem Sekt begrüßt worden und ihre Koffer wurden von den Pagen in die Suite gebracht. Nicola`s Hochzeitskleid war ein Traum aus elfenbeinfarbenem Stoff mit cremefarbener Borte. Über ihren blonden Haaren lag der traditionelle weiße Schleier. Oliver hatte ihr zunächst beim Ausziehen des Kleides helfen müssen. Und dann waren sie gemeinsam zum Wasser gelaufen und ins Meer gesprungen. Dort war das Wasser nicht besonders tief, so dass sie immer noch den warmen, fast klebrigen Sand unter ihren Füßen spüren konnten. Ihre Füße versanken an einigen Stellen, doch Oliver wich seiner Angetrauten nie von der Seite. Stets hielt er Nicola im Arm oder hatte er seine starken Arme um ihre Taille gelegt, um sie vor dem Ertrinken zu retten.

Danach testen sie einen der vier Pools. Irgendwann ging dann über ihnen eine Art Wasserfall oder Dusche an, deren Tropfen aussahnen wie winzige, verschwommene Diamanten. Das Wasser, das langsam und gleichmäßig auf sie herabströmte, ja, sie beinahe in sich einhüllte und gefangen nahm, war angenehm, erfrischend, etwas kälter als das Wasser im Becken, aber nicht zu kalt. Im Traum war ihm, als höre er Nicola kichern, während die sich von oben berieseln ließen. Es war traumhaft!

Sie hatten die Zeit vergessen; irgendwann wurde es dunkel, die schwarze Nacht war plötzlich überall um Olivers und Nicola verteilt. Er hatte das Gefühl, als würden sie sich mit der positiven, glücklichen Energie eines frisch vermählten Paares vollsaugen. Die Nacht würde sie nicht wieder freilassen, jedenfalls nicht in dieser Nacht, sie waren gefangen im Zauber des Glückes... Das hatten sie gedacht, denn es fühlte sich verdammt gut an. Wie im Himmel...

In der Dunkelheit machten sich die beiden dann wieder auf den Weg zurück in ihr Hotelzimmer, in ihre Handtücher gehüllt, mit nassem Haar. Der Portier an der Rezeption hatte gelächelt und sich über das glückliche Paar gefreut.

Noch bevor Nicola unter die Dusche geschlüpft war, hatte sie den Zimmerservice gebeten, ihr Lieblingseis zu bringen: die gesalzene Karamell-Eiscreme von Häagen Dasz. Und als Oliver und sie dann endlich wieder die Dusche verließen, war das Eis schon halb geschmolzen, da das Personal es nicht in den Gefrierschrank des Hotelzimmers gelegt, sondern auf dem Beistell-Tischchen platziert hatte.

Nicola hatte in Eisgenuss geschwelgt und es völlig übertrieben... Danach wurde ihr übel, es ging ihr ziemlich schlecht und am Ende war das ganze Bett voll mit halbzerkauten Eisresten und einem braunen, dickflüssigen Brei. Es roch nach Erbrochenem. Ein traumhafter Beginn einer herrlichen Hochzeitsnacht... Oliver hielt ihr die Haare nach hinten, reichte ihr das Glas, das die Kellner samt Wasserkaraffe neben dem Bett platziert hatten, und besorgte ihr auch eine Tablette gegen Reiseübelkeit, die erstaunlicherweise sogar Wirkung zeigte.

Als die Übelkeit nachgelassen hatte, zog Oliver eigenhändig das Bett ab und rief den Zimmerservice. Und dann verschwanden die beiden gleich wieder in der geräumigen Dusche, um die unangenehmen Gerüche von Erbrochenem durch den sanften Duft des Duschgels zu ersetzen und sich von dem milden Wasserstrahl berieseln zu lassen. Der Zimmerservice hatte die Schlafstelle in der Zwischenzeit frisch bezogen und beide ließen sich todmüde in die Kissen fallen...

Plötzlich wachte Oliver abrupt auf.

Er dachte an seine Ex-Frau. Vor seinem geistigen Auge konnte er sehen, dass sie dasselbe dachte wie er. Die Erinnerungen spiegelten sich deutlich in ihrer Mimik wider, hatten einiges in ihr wieder aufgewirbelt, beinahe durcheinander gebracht. Wie bei einem Erdbeben - ein Stoß reichte und alles verschob sich. Er kannte Nicola, – und nur, wer sie genau kannte, wusste - wenn es um Erinnerungen, Erlebnisse, schöne oder unschöne, ging - wie sie tickte: Die schönen Erinnerungen, die als Erlebnisse schön gewesen und in ihrem Kopf noch immer schön waren, diese bekamen den ersten Platz in ihrem Schubladen-System, sehr weit vorne in ihrem Kopf. Die Erinnerungen, die zwar als Erlebnisse schön gewesen waren, vor deren Erinnerung sie jedoch die Augen verschließen wollte, weil sie wusste, dass diese Momente unwiederbringlich verloren waren und so nie mehr zurückkehren würden, diese waren eher in der mittleren Schublade angesiedelt, da sie die Erinnerungen trotz allem nicht gänzlich aus dem Kopf und aus dem Herzen verlieren wollte. Und alles Schreckliche, was ihr jemals widerfahren war, alle Dinge, die sie am liebsten niemals erfahren, erlebt oder gesehen hätte, diese wurden in der untersten Schublade eingeordnet.

So lag Oliver in dieser Nacht lange wach und dachte über Nicola, sich und das Ende ihrer Ehe nach. Neben sich hörte er Ellen leise und gleichmäßig atmen.

Gegen 6 Uhr am nächsten Morgen kam Nicola vom Joggen nach Hause und traf vor der Haustür auf ihren neuen Nachbarn. Er grüßte sie freundlich und stellte sich als Torsten von Lettow vor. Nachdem sie ein paar nette Worte gewechselt hatten, ging Nicola in ihre Wohnung, um zu duschen, Nele für die Schule fertig zu machen und sich selbst für den ersten Arbeitstag in Schale zu werfen.

Was Nicola nicht wusste: Torsten von Lettow war ein äußerst erfolgreicher Arzt auf dem Gebiet der Schulmedizin. Das Vertrauen in die ihm im Medizin-Studium vermittelten Diagnose- und Therapiemethoden war jedoch jäh erschüttert worden. Von 1993 bis 2000 war er mit Dr. Sabine Kreyssig verheiratet gewesen. Aus der gemeinsamen Ehe war der kleine Linus hervorgegangen, der nur zwei Jahre jung werden durfte. Bei ihm war schon als Baby eine erschreckende Diagnose gestellt worden: Mukoviszidose. Sabine hatte verzweifelt um ihren kleinen Sohn gekämpft, weder Kosten noch Mühen gescheut, um ihn zu retten. Irgendwann war sie in einer Zeitungsannonce auf eine Kinderärztin aufmerksam geworden:

Praxis-Eröffnung

Junge, erfahrene **Kinderärztin**, neu in Kaltensee, hat vor wenigen Tagen ihre erste eigene Praxis eröffnet. Sie liebt Kinder, ist einfühlsam, hält stets engen Kontakt mit den Eltern, hat sich auf Lungenkrankheiten bei Kindern spezialisiert. Bei ihr werden die Kinder mit der Schulmedizin behandelt, aber auch mit alternative Behandlungsmöglichkeiten, z.B. „Heilen durch Natur und ganz ohne Chemie". Rufen Sie heute noch an und lassen Sie sich kostenfrei von Frau Doktor Ellen Roth beraten.

Praxis

Dr. Ellen Roth

Bergstraße5

Kaltensee

Tel: 089 / 77 50 - 0

Doch was hatte dass alles im Endeffekt gebracht?! Gar nichts. Auch Ellens Behandlung, sowohl die der schulmedizinischen Art, als auch ihre Versuche, Linus mit Homöopathie zu helfen waren gescheitert.

Und auch er konnte seinem einzigen Kind nicht helfen - das war es, was er sich zum Vorwurf machte.

Ihr Kind war fort.

Für immer.

Ihr gemeinsames Kind war tot.

Doch es sollte noch schlimmer kommen: Im Laufe ihrer Ehe hatten Sabine und Torsten auf ihrem riesigen Grundstück außerhalb von Kaltensee ein gemeinsames Pferdegestüt aufgebaut. Sabine liebte Pferde über alles, und mit dem Gestüt ging einer ihrer Träume in Erfüllung. Und als dann Linus das gemeinsame Glück krönte, schien das Leben einfach perfekt. Doch die zwei Jahre von Linus' kurzem Leben hatten alles auf den Kopf gestellt. Zugegebenermaßen hatte Sabine die Pferde in dieser Zeit etwas vernachlässigt, was nur verständlich schien. War sie früher gleich morgens in den Ställen aufgetaucht, um ihre Lieblinge zu streicheln und auf die Weide zu lassen, war sie dann nur noch von einem Arzt zum nächsten gehetzt, hatte sich auf Ärzte-Tagungen und Kongressen informiert – und den Kampf doch verloren! Nun endlich zwang sie sich, wieder in die Pferdeställe zu gehen; versuchte, bei den Tieren Ruhe und Kraft zu finden; ihre innere Balance zurück zu gewinnen.

Und während Sabine und Torsten noch mit dem Tod des Kindes zu kämpfen hatten, zündete ein Unbekannter die Pferdeställe an und legte nahezu alles lag in Schutt und Asche. Es war nicht nur ihre komplette Existenz, ihr gemeinsames Lebenswerk – es war auch der zweite Eckpfeiler ihres Lebens, der ihnen genommen wurde. Dies hatte der Ehe von Torsten und Sabine den endgültigen Todes-stoß beschert. Während des Wieder-Aufbaus fielen immer häufiger mehr als unschöne Worte zwischen den beiden.

Doch was niemand gewusst hatte: Bereits kurz vor dem Tod des kleinen Linus hatte Torsten eine Affäre mit Ellen Roth begonnen. Nach außen hatte die Ehe perfekt gewirkt; nach innen war schon seit der schrecklichen Diagnose nichts mehr wie früher gewesen. Seit dem Tag, an dem sie von Linus' Mukoviszidose erfahren hatten, über seinen Krankheitsverlauf bis hin zu seinem Ableben hatte Torsten Sabine nicht mehr angefasst. Er hatte ihr weder körperli-che, noch irgendwelche anderen Avancen gemacht. Viel-leicht war es auch die Angst, ein zweites Kind zu bekom-men wegen der erblichen Belastung. Sabine fühlte sich von Torsten irgendwie nicht mehr richtig verstanden, nicht mehr ernst-, ja sogar nicht mehr als Ehefrau wahrgenom-men, als Frau an seiner Seite und als Mutter seines Soh-nes. Von daher war es tatsächlich nur noch eine Frage der Zeit gewesen, bis sie tatsächlich vor dem Scheidungsrich-ter standen.

Doch die Liebesbeziehung währte nicht lange. Torsten hatte sie schnell wieder beendet, da er gespürte hatte, dass Ellen ihm nicht das geben konnte, was er brauchte. Und jetzt, nach Linus`Tod, warf er ihr vor, dass sie seinen Sohn auf dem Gewissen hatte, und schwor ihr ewige Ra-che.

Allerdings hatte er seine Rachepläne bislang noch nicht in die Tat umsetzen können - doch wenn sich Torsten von Lettow einer Sache sicher war, war es die Tatsache, dass er sich am richtigen Ort, zum richtigen Zeitpunkt grausam und qualvoll an Dr. Ellen Roth rächen würde, das war er seinem toten Sohn Linus und auch seiner Ex-Frau Sabine schuldig. Denn er machte Ellen nicht nur dafür verantwort-lich, dass sein Sohn gestorben, sondern auch, dass seine

Ehe den Bach heruntergegangen war. Sicher - er war Arzt und wusste, dass man nicht allen Patienten helfen konnte, aber solche rationalen Gedanken konnten nicht bis in sein Gehirn vordringen, wenn man selbst betroffen war!

Nach Linus` Tod hatte auch Sabine versucht, in einer neuen Beziehung Liebe und Halt zu finden, doch kürzlich hatte ihr neuer Freund Harald, mit dem sie sechs Monate nach der Scheidung zusammengekommen war, wegen Estelle von Ortenstein, einer Opernsängerin, mit ihr Schluss gemacht. Harald war, seit Sabine ihn kannte, relativ klein und dick. Seine Hände waren warm und weich, aber stets unangenehm schweißig. Trotzdem hatte er Sabine in der schweren Zeit nach dem Tod ihres Sohnes stets Liebe und Halt gegeben. Dass er sie jetzt wegen Estelle von Ortenstein, einer superschlanken, braungebrannten Opernsängerin verließ, verletzte sie sehr. Anscheinend schien das Leben nichts Positives mehr für sie bereitzuhalten.

Sabines Ex-Mann Torsten hatte es allerdings dann zu einer zweiten Ehe geschafft. Er war mittlerweile mit Christine Maidorn verheiratet; einer sehr großen und schlanken Frau, die durch ihre rotblonden, langen und glatten Haare auffiel. Beide hatten keine gemeinsamen Kinder, denn sie teilten das Schicksal, bereits ein Kind durch den Tod verloren zu haben. Sie hatten sich bei einer Selbsthilfegruppe für verwaiste Eltern kennengelernt. So hatten sie sich gleich zu Beginn der Beziehung, die später in ihrer Ehe mündete, darauf geeinigt, dass sowohl Christine, als auch Thorsten keine gemeinsamen Kinder wollten. Die Angst vor dem Verlust und vor dem Schmerz, der entstehen würde, sollten sie noch einmal in ihrem Leben mit einer derartigen Tragödie konfrontiert werden, wäre zu schwer für die beiden, um ihn noch einmal in seinem ganzen, harten und unbarmherzigen, schonungslosen Ausmaß durchzustehen. Daran würden entweder sie selbst zerbrechen, oder aber ihre Liebe; dessen waren sie sich absolut sicher.

Irgendwann, früher oder später, wohl eher früher als später – vielleicht würde auch nur einer von ihnen, vom Schmerz zermürbt, aufgeben, würde irgendwann zerbrechen. Christine und auch Thorsten wollten diesen Schmerz auf gar keinen Fall noch einmal durchleben. Die Konsequenz aus dieser Entscheidung, die beide unabhängig voneinander getroffen hatten, war, dass es keine gemeinsamen Kinder geben würde. Sie würden ihre Ehe zu zweit genießen.

Und zur Sicherheit hatten beide sich noch vor der Trauung einer Sterilisation unterzogen. Doch die Kinderlosigkeit empfand keiner der beiden irgendwie als schlimm oder beklagenswert. Kinderlose Ehen konnten durchaus schön sein - man hatte mehr Zeit für sich, und eine ganze Menge Verantwortung weniger mit sich herumzutragen.

Christine ging leidenschaftlich gerne ins Theater und in die Oper. Ebenso gerne, vielleicht sogar noch ein bisschen lieber, zeichnete sie. Schon als Kind hatte sie wahnsinnig gerne gemalt. Und ihre Eltern Josephine und Peter Maidorn waren gleichermaßen erstaunt wie begeistert über das, wie sie fanden, großartige Talent, das in ihrer Tochter steckte.

Mit vier Jahren begann sie, mit Wasserfarben irgendwelche Punkte, Kreise oder Striche auf ihren großen Zeichenblock zu klecksen, den sie zusammen mit dem Farbkasten, der dicke, dünne, große, kleine Pinsel und natürlich eine Tube Deckweiß beinhaltete, von ihren Eltern zu Weihnachten geschenkt bekommen hatte.

Mit der Zeit wurden die Zeichnungen ausgereifter. Sie malte, was ihr gerade einfiel. Manchmal waren es nur Worte, die sie irgendwo aufgeschnappt und in ihrem Kopf zu einem Bild zusammengesetzt hatte, welches sie dann zeichnete. Oder sie skizzierte Gegenstände aus ihrer Umgebung, sie gab Situationen wieder, die ihr selbst oder einem Familienangehörigen, einem Fremden oder einem Freund passiert waren; sie zeichnete das alltägliche Leben, so dass sich jeder von uns in ihren Bildern wiederfinden konnte.

Der ein oder andere mochte jetzt vielleicht denken, *oh mein Gott, wie langweilig.* Zugegeben, man könnte sicherlich so denken, anfangs zumindest. Aber - und da war sich Christine todsicher - langweilig waren diese Zeichnungen und ihre Gemälde definitiv nicht. Denn man musste sich in Christines Bilder hineindenken, hineinversetzen, die Szenen nachfühlen. Ihre Kunst war etwas Besonderes: sie zeichnete andersherum - nicht genau dass, was sie gesehen oder irgendwann irgendwo aufgeschnappt hatte, nein! Sie zeichnete das, was sie in das Gesehene, Gehörte oder Geschehene hineininterpretierte. Ihre Gemälde waren immer einzigartig, immer sehr realitätsnah, die Zeichnungen brachten auf eigenartige Weise beim genauen Hinsehen immer auch ein Stückweit das zum Vorschein, was sich hinter verschlossenen Türen von nach außen hin unscheinbar aussehenden Wohnhäusern verbarg. Dinge über die man nicht sprach, Dinge die nicht nach außen, an die Öffentlichkeit und an die Medien drangen. Weil niemand dies aussprach. Weil niemand so etwas sagte. Oder vielleicht, weil niemand danach fragte?

Endlich zeigte der Wecker 5 Uhr in der Früh und Oliver sprang sofort aus dem Bett, nachdem sein Traum ihm den Rest der Nacht keine Ruhe mehr gelassen hatte. Er ging in die Küche und kochte Kaffee. Und während das heiße Wasser durch den Filter lief und sich das angenehme Aroma im Raum verteilte, sprang er schnell unter die Dusche.

Als er vom Duschen kam, hatte Ellen bereits das Frühstück zubereitet und saß am Tisch. Er gab ihr einen flüchtigen Kuss und setzte sich ebenfalls.

„Ach, heute kommt ja *deine* neue Ärztin", meinte sie spitz.

„Höre ich da etwa Eifersucht in deiner Stimme?", versuchte Oliver, die Sache ins Lächerliche zu ziehen.

„Auf diesen Hungerhaken von Frau bin ich ganz bestimmt nicht eifersüchtig! Aber erzähl mir doch nicht, dass du rein gar nichts davon wusstest, dass sie bei uns anfangen wird", maulte Ellen.

„Ich wusste gar nicht, dass man Hungerhaken heiraten kann", erwiderte Oliver sarkastisch und der Rest des Frühstücks verlief schweigend; ebenso die gemeinsame Fahrt in die Klinik.

Nicola hatte mit Nele gefrühstückt und ihre Tochter anschließend in der Kernzeit-Betreuung der Schule abgegeben. Danach fuhr sie sofort weiter zur Klinik.

Bei der Übergabe-Besprechung, an der alle Ärzte teilnahmen, erklärte Professor Möbius, dass er und Dr. Voss heute gemeinsam Dienst haben würden.

Ellen lächelte triumphierend und flüsterte in Richtung Oliver: „Pech gehabt!"

Möbius führte Nicola nochmals herum, zeigte ihr die Arbeitsbereiche und machte sie sowohl mit dem Personal, als auch mit den Patienten, für die sie zukünftig zu sorgen hatte, vertraut.

Nach dem Frühdienst wurde Ellen von ihrer Freundin Heike abgeholt. Die beiden gingen zusammen zum Fitnesstraining und wollten sich danach noch eine Rund in der Sauna gönnen.

Oliver hetzte in den Supermarkt, um das Abendessen zu besorgen. Er stellte das Auto ab, suchte die Waren zusammen und ging an die Kasse. Sein Blick blieb an einer schlanken, nicht allzu großen Frau mit langen, braunen Haaren hängen, die an der gegenüberliegenden Kasse stand. Täuschte er sich, oder hatte die Frau, die er nun schon seit mehr als einer halben Minute ununterbrochen beobachtete, nicht eine verdammte Ähnlichkeit, mit seiner jüngeren Schwester Margot, kurz Margo genannt?

Er bezahlte das Abendessen und stellte sich dann seitlich an den Ausgang des Supermarktes. Dort linste er durch die Glasscheibe und wartete, bis auch sie bezahlt und ihre Einkäufe wieder in ihrem Einkaufswagen verstaut hatte. Als sie durch die Tür kam, stellte er sich ihr in den Weg. „Hallo", sagte er mit einem merkwürdigen Gefühl im Magen und musterte sie. Er hatte sich nicht geirrt.

„Hallo Oliver", antwortete Margo überrascht.

Sein Herz schlug schneller; sie war es tatsächlich. Seine kleine Margo, die er seit Ewigkeiten nicht mehr gesehen hatte: „Was machst du hier? Wie geht es dir?", überschlug sich seine Stimme beinahe; er hatte tausende von Fragen im Kopf, die er ihr am liebsten gleich alle auf einmal gestellt hätte.

„Ich komm klar. Mir geht es ganz okay. Ich schlage mich so durch. Ich wollte nur schnell ein bisschen Studentenfutter und eine Packung Eiswaffeln kaufen. Und du? Ich hab gehört, Nicola hat dich betrogen hat, und ihr seid geschieden?", fragte sie.

„Ja, das kommt vor", entgegnete er kühl. Wenn er auf den Betrug durch seine Ex-Frau angesprochen wurde, reagierte er meist sofort stark unterkühlt, da er wieder unweigerlich daran erinnert wurde, dass er damals nicht Manns genug war, sich gegen seinen Vater zu behaupten, der die Scheidung seines Sohnes durch Sticheleien immer weiter vorangetrieben hatte. Da er selbst es nicht so empfand, als sei die Ehe zum Scheitern verurteilt gewesen, blockte er wie immer sofort alle Fragen ab.

„Habt ihr noch Kontakt?", sie lachte beinahe, als sie ihm die Frage stellte.

Oliver runzelte die Stirn. „Natürlich haben wir noch Kontakt. Wir haben eine gemeinsame Tochter, da sollten wir wohl miteinander Kontakt haben, oder?", fragte er barsch. Doch er erwartete keine Antwort von ihr, sondern sprach gleich weiter. „Nele braucht ihre Mutter *und* ihren Vater. Nicola und ich arbeiten sogar zusammen", verkündete er.

„Und was ist, wenn sie dich wieder einwickelt?"

„Wird sie nicht", antwortete Oliver selbstsicher.

„Hast du wieder eine neue Liebe?", fragte Margo.

„Tja... Ich bin mir momentan nicht mehr sicher, ob ich Ellen - so heißt meine Verlobte - überhaupt noch heiraten möchte", sagte er langsam.

„Wegen Nici?! Das ist doch bescheuert! *Sie* hat dich betrogen und Schande über unsere Familie gebracht; ich kann sehr gut verstehen, dass Vater sie rausgeschmissen hat", ereiferte Margo sich.

„Sei vorsichtig, Schwesterherz. Vater hat *auch dich* rausgeschmissen, nachdem er gesehen hat, dass du dir die Nadel in den Arm rammst. Fragt sich, *wer* Schande über die Familie gebracht hat", konterte Oliver.

„Ich komme klar", erwiderte sie selbstsicher, beinahe mit der Trotzigkeit eines Kleinkindes in der Stimme, und blickte zu Boden.

„Wo lebst du?", fragte er interessiert.

„Auf der Straße, mein lieber Bruder", antwortete sie süffisant.

„Hast du einen Partner?", bohrte Oliver weiter.

„Ja, er heißt Jimmy. Den sollte Vater mal sehen - das ist ein echter Mann: groß und muskulös, kräftig, gut gebaut. Er ist einfach cool – er hat seine Oberarme und seine Waden sogar mit Tattoos verziert! Und dann seine Frisur – nicht diesen braven Seitenscheitel, ha!", schwärmte Margot, „nein, er hat raspel-kurze, hellblonde Haare, die er immer mit Gel nach oben stellt", begründete sie beinahe stolz.

„Und was tut er sonst noch so?", Oliver wollte auf eine bestimmte Sache hinaus.

„Er ist mein Dealer", gab sie zu.

„Ich wusste es doch", Oliver schnaubte verächtlich.

„Du", druckste Margo herum, „eigentlich könntest du mir helfen, wo wir uns gerade treffen... Ich habe ein Myom und ich müsste ausgeschabt werden, hättest du eine Möglichkeit das zu tun?", fragte sie mit einem merkwürdigen Unterton in der Stimme.

Plötzlich wurde ihm klar, warum sie ausgerechnet ihn gefragt hatte. „Du hast keine Krankenversicherung, stimmt's?", hakte er nach.

„Jap", gab Margot zu.

Oliver seufzte: „Ich werde sehen, was wir für dich tun können, wir haben eine hervorragende Gynäkologin, die sieht sich das mal an. Komm morgen früh in die Klinik, in Ordnung?", bot Oliver ihr an.

„Ja, in Ordnung. Dankeschön, Bruderherz", entgegnete Margot, und man hörte ihr die Erleichterung an. Sie wandte sich um und ging.

Plötzlich vernahm Dr. Bergmann ein Geräusch. Durch die Begegnung mit seiner Schwester brauchte er einen Moment, um seine aufgewirbelten Gedanken zu sortieren, dann begriff er, woher das Geräusch kam: es war sein Handy! >*Schwester Stephanie ruft an*< stand auf dem Display. Er nahm das Gespräch entgegen.

Stephanie teilte ihm mit, dass es bei Herrn Acar überraschend zu schweren, inneren Blutungen gekommen war, und sie ihn dringend in der Klinik brauchten. „Ich komme sofort!", brüllte Bergmann in den Lautsprecher und raste mit seinem Auto los.

Als er auf der Station ankam, sah er Nicola, Möbius und einige Schwestern vor dem Krankenzimmer stehen. Im Laufschritt ging er auf sie zu. „Was ist passiert?", fragte er in die Runde.

Alle sahen ziemlich betroffen aus. „Der Patient ist an unstillbaren inneren Blutungen verstorben", berichtete Möbius.

Sie betraten das Zimmer des Patienten. Eine Frau stand an seinem Bett und nahm Abschied.

Dr. Bergmann räusperte sich: „Dürfen wir Sie kurz stören?", fragte er.

„Ich bin die Ehefrau von Tayfuns Acar und wollte seine Sachen holen, jetzt wo er verstorben ist", sagte die Frau wie betäubt.

„Es tut uns sehr leid", sagten Dr. Nicola Voss und Dr. Oliver Bergmann wie aus einem Munde. „Ihr Mann hatte innere Blutungen, die wir nicht stillen konnten, diese Komplikation ist höchst selten". Die Frau nickte. Und nachdem sie sich von ihrem Mann verabschiedet hatte, verließ sie weinend mit Tayfuns Gepäck das Krankenhaus.

„Sie *konnten* die Blutung nicht stillen, machen Sie deswegen bitte keine Vorwürfe, das hat rein gar nichts mit Ihrer Kompetenz zu tun", versuchte Professor Dr. Dr. Möbius, Dr. Nicola Voss zu beruhigen, und fügte hinzu: „Es tut mir sehr leid, dass Ihr erster Arbeitstag so enden musste, Frau Dr. Voss!"

„Danke", erwiderte sie, „ist es in Ordnung, wenn ich jetzt gehe? Ich müsste Nele jetzt von der Schule abholen", fragte sie.

„Sicher. Sie sind ja durch den Notfall ohnehin schon länger geblieben. Gehen Sie ruhig."

„Ich gehe dann auch; mein Dienst ist ja schon zu Ende", meinte Dr. Oliver Bergmann.

Nicola ging nach draußen, Oliver folgte ihr.

„Ich mache mir Vorwürfe, weil ich Herrn Acar so drängend zu dieser Operation überredet habe", seufzte Oliver.

„Das ist Unsinn, und das weißt du genau! Du bist ein guter Arzt; und außerdem hätte ich an deiner Stelle genauso gehandelt", versuchte Nicola, ihren Ex-Mann aufzubauen. Dann warf sie einen Blick auf die Armbanduhr. „Oh nein, ich muss los, Nele hat gleich Schule aus", wurde Nicola hektisch.

„Hast du etwas dagegen, wenn ich mitkomme?", bat Oliver.

„Na los, steig schon ein."

Oliver ließ sein Auto auf dem Klinikparkplatz stehen, und gemeinsam fuhren sie zu Neles Schule, um sie abzuholen. Die Kleine freute sich riesig, Papa und Mama am Schultor zu sehen: „Papa, bitte komm mit zu uns nach

Hause! Ich muss dir zeigen, was ich heute gelernt habe", bettelte Nele.

Oliver sah Nicola fragend an, und diese nickte kaum merklich. Also willigte er ein.

Dr. Bergmann machte sich Sorgen um seine Ex-Frau; irgendwie sah sie krank aus. Er überlegte, ob er sie später in aller Ruhe darauf ansprechen sollte.

Bei Nicola angekommen, zog Nele ihren Vater sofort ins Wohnzimmer und holte ein Heft aus ihrem Schulranzen. Stolz zeigte sie, welche Buchstaben sie heute gelernt hatte. Oliver lobte sie ausgiebig: „Das hast du prima gemacht, meine Prinzessin".

Nicola hatte in der Zwischenzeit Olivers Einkäufe in die Küche gebracht und begann, für Nele das Mittagessen, welches sie gestern schon vorbereitet hatte, aufzuwärmen.

„Oliver, möchtest du mitessen?!", rief sie ins Wohnzimmer.

„Gerne", antwortete er. Plötzlich fiel ihm der Brief ein, den er aus seinem Postfach in der Klinik geholt hatte. Er ging zu seiner Jacke, nahm den Brief aus der Seitentasche und las den Absender: „Dr. Schuster", stand darauf.

„Nele, gehst du mal bitte deine Hände waschen, das Essen ist gleich fertig", bat Nicola ihre Tochter.

Als Nele im Badezimmer war, kam Oliver zu Nicola in die Küche und gab ihr den Brief. Nicola nahm den ungeöffneten Brief, ihre Finger zitterten. Sie atmete tief durch, öffnete den Brief und las ihn; Oliver stand neben ihr und sah sie ebenso erwartungsvoll, als auch ängstlich an.

Im Badezimmer hörten sie Nele fröhlich und unbeschwert vor sich hin singen.

„Was ist los? Du bist so still. Was steht drin? Nun sag schon!", drängte er.

Sie drehte sich um und blickte ihn an. In ihren Augen stand das Entsetzen. Ihr Magen krampfte sich zusammen.

„Nele wird sterben", hauchte sie.

ENDE

Danksagung

Ich danke meiner Familie, die mich immer und bei allem unterstützen und unterstützt haben.

Ein besonderer Dank geht an meine Lektorin Susanne Junge, die mit sehr viel Ausdauer und Liebe zum Detail mit mir an meinem Text gefeilt hat.

Ein ganz besonderes Dankeschön geht auch an meinem Coverdesigner Berthold Sachsenmaier für das schöne Cover und die tatkräftige Unterstützung.

Dann danke ich noch allen Testleserinnen und Testlesern, die mir mit ihren Anmerkungen sehr hilfreich zur Seite gestanden haben.

Und natürlich danke ich allen, die dieses Buch lesen und lieben werden.

Wenn Ihnen dieses Buch gefallen hat, würde ich mich sehr freuen über Ihre Meinung,

zum Beispiel auf meiner Amazon-Autorenseite:

http://www.amazon.de/Amanda-ciesing/e/B00IQ8VOMG/ ref=sr_ntt_srch_lnk_1?qid=1395177480&sr=1-1

oder auf meiner Homepage:

http://amandaciesing.npage.de/

bzw. auf:

http://amandaciesing.de.to/

Amanda Ciesing, Montag, den 06.01.2014

www.tredition.de

Über tredition

Der tredition Verlag wurde 2006 in Hamburg gegründet. Seitdem hat tredition Hunderte von Büchern veröffentlicht. Autoren können in wenigen leichten Schritten print-Books, e-Books und audio-Books publizieren. Der Verlag hat das Ziel, die beste und fairste Veröffentlichungsmöglichkeit für Autoren zu bieten.

tredition wurde mit der Erkenntnis gegründet, dass nur etwa jedes 200. bei Verlagen eingereichte Manuskript veröffentlicht wird. Dabei hat jedes Buch seinen Markt, also seine Leser. tredition sorgt dafür, dass für jedes Buch die Leserschaft auch erreicht wird

Autoren können das einzigartige Literatur-Netzwerk von tredition nutzen. Hier bieten zahlreiche Literatur-Partner (das sind Lektoren, Übersetzer, Hörbuchsprecher und Illustratoren) ihre Dienstleistung an, um Manuskripte zu verbessern oder die Vielfalt zu erhöhen. Autoren vereinbaren unabhängig von tredition mit Literatur-Partnern die Konditionen ihrer Zusammenarbeit und können gemeinsam am Erfolg des Buches partizipieren.

Das gesamte Verlagsprogramm von tredition ist bei allen stationären Buchhandlungen und Online-Buchhändlern wie z. B. Amazon erhältlich. e-Books stehen bei den führenden Online-Portalen (z. B. iBook-Store von Apple) zum Verkauf.

Seit 2009 bietet tredition sein Verlagskonzept auch als sogenanntes "White-Label" an. Das bedeutet, dass andere Personen oder Institutionen risikofrei und unkompliziert selbst zum Herausgeber von Büchern und Buchreihen unter eigener Marke werden können.

Mittlerweile zählen zahlreiche renommierte Unternehmen, Zeitschriften-, Zeitungs- und Buchverlage, Universitäten, Forschungseinrichtungen, Unternehmensberatungen zu den Kunden von tredition. Unter www.tredition-corporate.de bietet tredition vielfältige weitere Verlagsleistungen speziell für Geschäftskunden an.

tredition wurde mit mehreren Innovationspreisen ausgezeichnet, u. a. Webfuture Award und Innovationspreis der Buch-Digitale.

tredition ist Mitglied im Börsenverein des Deutschen Buchhandels.

MIX

Papier | Fördert
gute Waldnutzung

FSC® C083411

Zeitfracht Medien GmbH
Ferdinand-Jühlke-Straße 7
99095 Erfurt, Deutschland
produktsicherheit@kolibri360.de